很感谢你能来
不遗憾你离开

初小轨———

著

长江出版传媒　长江文艺出版社

这辈子，相遇一场，
只要各自安好，联系不联系都不重要。

所以，这一路，
很感谢你能来，也不遗憾你离开。

放弃一个喜欢的人，
是一场谁也逃不开的修行。

理性的人强颜欢笑不再叨扰，
感性的人一念过往化身孤岛。

爱可以毫无缘由一往而深，
不爱也可以戛然而止两不相认。

浩渺广宇，人海茫茫，
只要你肯打开自己，
你就有机会碰见流动的盛宴。

然后，去信马由缰地做一个真正与爱为伴、
奔跑在路上的人吧。

很多人其实已经见了人生的最后一面，
但是我们却在一意孤行中度过余生。

你所有的挽留，
都只不过是一种自我救赎。

你为了我好，我谢谢你。
但是这一生太短，
我想按照自己喜欢的方式过完。

爱情形式确实百态不一，
但是爱一个人的内核只有一个：
喜怒牵于一心，
不忍苦你分毫。

我们越长大，
就越不擅长顾及灵魂的感受，
皮囊负重前行，
灵魂掩面而泣。

只是因为得不到，
所以假装不想要。

目录

第一章
很感谢你能来，不遗憾你离开

第二章
皮囊在笑，灵魂在哭

第三章

因为得不到，假装不想要

第四章
如果你没胆失去爱，那你就少有机会得到爱

第五章
多少隐忍，是你假装看不懂的情深

第六章

别总拿过去的悲欢，给自己的现在设限

第一章

很感谢你能来，不遗憾你离开

CHAPTER
ONE

很感谢你能来，不遗憾你离开

天涯两隔后，一个不问，一个不说。

1.

昨天一个读者说，她从一个同学口中得知，她关系最好的姐妹刚刚生了一对双胞胎，但是她连自己姐妹什么时候结的婚都不知道。大学时候她俩好的，一个来"大姨妈"，另一个二话不说就跳下床去给对方洗内裤。

可是现在她们却像两个擦肩而过后老死不相往来的陌生人。好心塞。

为什么我们会走着走着就散了？

之前我在报社上班，有一个跟我关系特好的姑娘。

我们同一批进入报社，一起经历过残酷的六进二淘汰赛，晚上睡一个寝室，谁早起就偷偷帮对方签到，用对方的腮红，吃对方的栗子，换衣服的时候一言不合就要比比谁的胸更大。

一年后我决定辞职北上，拉着行李箱站在报社门口跟同事们一一作别，她当着所有人的面儿，死死拽着我的胳膊，像个小朋友一样哭得"嗷嗷"叫，问我为什么这么狠心丢下她。

我当时心头一颤，难过得不行，觉得这辈子可能再也不会有这样真心待我、百般依赖我的闺密了。我像是哄媳妇一样一脸严肃地告诉她："我走了之后，会每天给你打一个电话，而且将来一定还会来看你，乖啊，别难过了。"

　　第一个月，作为一个玩命血拼的北漂族，我每天晚上不管忙到多晚都要给她打一个电话聊聊鸡毛蒜皮的八卦。起初她总是在电话里说着说着就哭起来，后来慢慢地就能笑着跟我说晚安了。

　　第二个月，我有一天加班到很晚，一着床就像散了架一样，我告诉自己眯一小会儿就起来洗漱跟她说晚安，结果没脱衣服没洗漱一合眼我就睡过去了。第二天我一起床就赶紧打电话给她解释，她在电话里一愣，说，我天，你吓我一跳，以为多大个事儿呢，你这么一大早就给我打电话。

　　六年之后，我们有彼此的微信，但是现在我们连点赞之交都算不上，我们存着彼此的电话，但从来不敢打，因为已经完全不确定是否还能打得通。

　　我们无仇无怨甚至连别扭都没闹过，只是一个不问，一个不说。

　　打败我们的不是背叛，而是自此天涯两隔，你的余生恕我未能继续参与。

2.

在山东工作过一段时间，跟一个男设计师三观合、节奏对，纯洁的革命友谊羡煞旁人。但凡我扔给他一个文案，不用我废话，分分钟就能给出我想要的设计。

有段时间我经常因为起晚了吃不上早饭，他每天都买两份早餐，到了往我桌上扔一份；我家里买的壁画需要打洞，他带上锤子就冲到我家帮忙。

好事儿的同事就说，一对"狗男女"。我们一起嗤之以鼻，说，"滚蛋"。

我妈说，毕竟是异性，还是保持点距离吧，否则招人闲话。我说，别这么封建，就是好哥们，管别人怎么说。

后来我分管华西大区，经常出差，在办公室里待着的时间屈指可数，跟他的工作交集越来越少，不知不觉就好像不怎么来往了，偶尔碰上，笑着打个招呼都觉得尴尬。

我妈住院那阵儿，突然问起我来，好久没见某某某了，你们不一起玩了？

恍然发现，我们的关系，不知从什么时候起，早就已经从"我有个特好的哥们"，沦落到了"我以前有个同事"。

电影《山河故人》里说，每个人只能陪你走一段路，迟早是要分开的。

有时候想起来这些走着走着就失散的朋友，心里难免感伤，那些记忆明明还历历在目，现在却不知道什么原因就各自天涯不再联系。

有朝一日在大街上看到一个人，说话的腔调跟你真像啊，那一刻想要打电话告诉你，却发现，欲买桂花同载酒，终不似，少年游。

3.

电影《后会无期》里有一段，周沫说："记得啊，要是以后你们还混得不好，可以来找我。"胡生说："混得好就不能来找？"周沫说："混得好，你们就不会来找我了。"

听着是不是好心酸？其实现实更心酸，不管混得好不好，好多人都注定跟我们再也不见。

我们来到世上，无论选择平淡居家，还是选择勇闯天涯，有些人离我们远了，就会离另外一些人更近，这样看未必不是一件好事。

你是我的好朋友，但你将来还会有其他的好朋友，以前你跟我比谁喝得多，将来你也会跟别人比谁尿得远。

有些朋友，不知不觉就疏远了，可能我们连原因都不知道。

就像我们年少时对某个人，一念起心生欢喜，一念起又嗤之以鼻。

两个人，在一起舒服就在一起，觉得不爽就痛痛快快谢过对方温情款款长别离。

我们没办法为任何感情做一个终身定调，你说拉钩上吊一百年不许变就不许变啊？

以前我还说非你不嫁，你不也说非我不娶吗，如今不也搂着各自的新欢逍遥快活？

记得张学友的歌《秋意浓》吗？

"怨只怨人在风中，聚散都不由我。"

4.

前段时间，大理地震，半夜2点，床头一颤，一分钟后我就接到一个奇怪的信息。我一看，是一个从2009年猫扑时代就看我写东西的老读者。当年我刚出道，争强好胜嘴皮子不饶人，写东西绝不留余地，蛮横霸道一言不合就对喷。

尽管如此，他跟100来个忠粉自发建了个群，看到谁要是在群里说我的不是就要玩命跟人对喷，才不管是不是我真的有错。后来我弃文从商，再后来我重新拿起笔杆子全职写作，这期间他好几年都不曾冒个泡泡。

但在大理地震的第一时间，他第一个突然冒出来。

问我，没事儿吧？

时间是一种很残酷的东西，它只会冲淡能够冲淡的，但也会洗尽铅华帮你留下该留下的。

所以，无论我们虎落平阳终陷落魄，还是一朝显赫半生荣华，朋友都越来越少，剩下的也越来越重要。

　　很小的时候就有人告诉我人走茶凉，也有内心强大的人说"道不同不相为谋"随他去吧，但是每个出现在我们生活轨迹里的人，都有着自己的使命，有人教会你别把过去看得太重，有人告诉你无论你做了怎样的决定他都懂。

　　没必要对物是人非耿耿于怀，也没必要分开了就恶语相向诽谤中伤。

　　一句"你变了"，伤人又伤己。路太长，人在换，我们就是要变，变好，或变坏，都是一个人活着的常态。

　　这辈子，相遇一场，只要各自安好，联系不联系都不重要。

　　所以，这一路，很感谢你能来，也不遗憾你离开。

咱俩原先关系那么好，我为什么不去参加你的婚礼

我与你的交情，尽心无憾。

1.

我大学时期的班花小谢，今天去了深圳，说要参加一个同寝室同学的婚礼。

晚宴时候，新娘来敬酒，当着好多人的面深情款款地抱了她，并说，这么多年的老同学，真到结婚的时候其实也来不了几个，还是你够意思。

说完她往小谢两边的座儿看了一眼，这才意识到小谢孑然一身奔赴的局面。当着一桌人的面，新娘笑吟吟地说，小谢啊，你也不小了，差不多也就结了吧。

小谢当场眼圈通红，差点就当众掀桌子。回来之后小谢感叹，这婚礼参加的，深感无语，连我妈都知道当众不催婚，人前不揭短，她算哪根葱啊。

有人说，这也不一定是揭短，也许就是新娘子不会说话，只是出于关心呢。

我之前也经常反思一件事儿，为什么原先跟某个人在一块时

明明好成一个人似的，转身一毕业，又跳槽，天涯两隔，骤然冷落，偶尔联系口口声声说是想念，但其实内心深处隐隐觉得没什么必要刻意再见。

更令人费解的是，微信朋友圈原先一发状态就是他/她的秒赞，为啥一分开就像在你朋友圈消失了一样安静呢？

时间久了，关系就变成，要么不联系，要么就是拿起电话来给你下喜帖，明天他/她要结婚了，下周他/她孩子满月了，下月他/她家哈士奇交配一周年纪念日了……

刚毕业那几年我也上赶着参加过几个老朋友的婚礼，发现每次千里奔赴后坐在这样陌生而杂乱的人群中，越是茫然四顾，就越是深感孤独，不能说此行无意，但至少是落寞感慨岁月长，与心已去。

后来，我才发现，多数我犹豫着要不要去参加的婚礼，都是我认为自己理论上应该参加的婚礼，而不是我内心深处真想参加的婚礼。

2.

人与人之间的交情，尽心而无憾。

我们没有必要为了达成意念上的友谊长青，勉强求取一个举手之赞，也没有必要强求去继续一段不再炙热的过往。对待过往最好的方式就是顺其自然，执着于"以前他/她很爱我，以前他/

她明明不是这样的"的人，只会让自己陷入一种难以自处的伤害。

好的关系，无论三千繁华，还是弹指刹那，即便几年相隔万里的风尘加身，只要一见面，就会自然启动好友模式，哪还需要寒暄一番润润油才能找回昔日的情分。

所以，当你结婚，如果她告诉你她得出差，她得照顾葫芦娃，她还要去火星种两亩土豆，你最好都相信这样一个事实，她不来就是最好的。

当然，当她结婚，如果你明明不想去，还要为了面子忙着找一个令自己都信服的借口，你最好就直接告诉她没时间去，然后把份子钱用微信红包发给她。

相信我，没有人需要你勉为其难地非要为他盛装出席一场婚礼。

你若想去，千军万马难挡；你若不想，执手相牵也彷徨。

3.

其实，她不去参加你的婚礼，也极有可能不是因为觉得人走茶凉，两相淡漠，更有可能是因为她包袱太多。

上个月我妈曾给我打过一个电话。她说妍妍今天结婚，她只托人带了份子钱，但是不敢去喝她的喜酒。

妍妍和我，是我们整个小区里最后两个二十八九岁还没嫁人的姑娘。

我没问我妈为什么，就说我很快就结婚了，放心吧。

其实我知道，该嫁未嫁，父母之所以着急却不敢催你，有两个原因：

（1）无论她走到哪儿，都会有街坊邻居以关心为名，问她的闺女怎么还不结婚，她根本不知道该怎么回答。

（2）她怕一催你，你再饥不择食为结婚而结婚，选错了人还不得恨她一辈子。

所以，如果你觉得明明关系特好，她却在参加你婚礼这事儿上推三阻四，没必要妄加揣测，放少男少女们一条生路吧，一笑泯江湖，再见还知己，反正份子钱她肯定是会给你的。

有些朋友，走着走着就是散了，勉强维系也只能面目全非，顺其自然就是最好的人生。

前段时间，看到一篇文章，说愿你结婚，是因为爱。

我倒是想说，愿你参加婚礼，是因为想去。

我们永远无法对抗时间，没人需要你象征性的捧场，毕竟，假话一旦被戳穿，彼此也都太难堪。

一辈子很短，你的生活大家心知肚明

你若真想晒朋友圈，那就晒结果。

1.

以前没有微信的时候，我们了解好友的方式是看说说、看博客，每个人都把一次更新看作是意义、是留念。

有了朋友圈之后，每天都不得不观赏各种浮躁的人生赢家：今天老公给人家买了一大束花儿呢，明天你亲手做了一桌饭"快说手艺怎么样"，大后天不得了，你竟然骂娘了，哼，有些人真不可交！不然就给我大侄子投个票吧，再不行我晒个机票周知一下你们我要欧洲游了哈。

你的一生，难道已经空虚到没人围观就白活的地步了？

你有没有发现，自从有了朋友圈，一切状态都带上了目的性。

但是，你晒勤奋是为了让同事和老板知道你加班是个奇迹？晒恩爱是想让朋友们知道过去的半辈子压根就没被男人疼过？晒机票是为了让我们知道你基本上没坐过飞机？晒颓废是让所有人认为你是个失败者，然后笑话你活该？

人心常常都带有天然的攻击性，与人为善、换位思考都是后天的修行。

有人经历过江湖冷暖，所以愿意在你低谷时诚意点赞；有人一辈子都过不明白，所以也见不得别人好。

但是他们觉得你好，有什么用啊。

给你点赞你就能手刃苦难，说你白痴你就会一事无成啊？

一辈子这么短，何必天天沉迷于表演，你生活得怎样，其实大家都心知肚明。

2.

有人可能会说，不就晒个朋友圈吗，其实也是可以理解的，现在大家压力这么大，又不能一不开心就骂人，晒个朋友圈你还说三道四的，太苛刻了吧。

如果做这些事儿能让你开心，那就去晒吧，但是，有几个人会因为发了朋友圈就不抑郁了，发了朋友圈就过上好日子了啊？

有这些时间，你晒晒太阳啊，亲爱的，晒黑了还能暗中保护你爱的人。

在朋友圈玩命演，他们又不买票，你干吗这么卖力逢迎玩命啊？

如果你真幸福，那就晒幸福吧，也没啥。但是，如果你只是为了标榜一下自己，那其实是在用假象自我迷惑，到头来还得你自己收拾这一堆烂摊子。

3.

晒朋友圈不是病，但是带着一种病态的攫取心态去晒，那么恭喜你，你很有可能是得了一种"极度虚无需要刷存在感"的病。

那些屏蔽你但还没有拉黑你的人，可能只是想放彼此一马，有事联系，没事各自安好，真想跟你一刀两断的，早就二话不说把你拉黑了。

收起你的玻璃心，该哄娃哄娃，该忙啥忙啥，做你自己该做的。

他们的点赞，一分钟内能让你感觉自己戴上了明星光环。五分钟后你很快就会忧伤地发现，这些玩意竟然没什么用。

如果你真想晒，那就晒结果。

为了合群，我们究竟浪费了多少时间

妥协来的泛泛之交，我宁可不要。

1.

朋友涵涵突然来借钱，要的不多，但听上去很急迫，说月底就能还，我赶紧给她微信转了账。晚上的时候，她说，谢谢你啊，小轨，但是这笔钱月底暂时还不上了，因为我是帮叶子借的，她正在筹钱装修房子等着结婚用呢。

我一惊，问她，哪个叶子？她跟我有什么关系吗？

她说，你没见过，但是我跟你提过，就是那个半夜跟她老公吵架跑到我家睡的那个女孩，我俩关系还不错。

这个叶子，我确实听涵涵讲过几次。叶子建了个玩乐微信群，经常叫着群里一帮男男女女轮流请客，一起吃饭，一起爬山，一起唱歌，涵涵每次都参加。她会去参加群里每个人的婚礼并随上份子钱，会随时同意别人需要她凑数的饭局，不用提前约，随叫随到。

涵涵工作五年，几乎没存下什么钱，没男朋友没房没车，在我们圈子里是出了名的老好人，大家都说她很好相处，因为她极少拒绝别人，不管熟不熟。

涵涵的腿有点外八字，特害怕别人笑话她走路滑稽，但就是有贱胚子喜欢拿这个开她玩笑，尤其是关系稍显亲密的人，说她走路像一只上了煎锅的鸭子。别人指着她痛处哈哈大笑时，她也只是尴尬一笑。

我问她，不喜欢别人开的玩笑干吗不直接告诉对方？她说，我怕别人说我开不起玩笑，说我不合群。

嗯，很多人都会这样，胸口即便雷霆万钧，唇齿间却依然云淡风轻。为了一个别人口中的合群，明明想拒绝却不敢说出口，宁可以牺牲自我为代价，也要对他人友善。

那么，你见群就合就算是合群了吗？

有多少人，明明讨厌社交却不敢不去；有多少人，明明不想瞎聊却硬是张开嘴强颜欢笑；又有多少人，幻想试图通过帮助别人来维持泛泛之交？

那些明知你不乐意，还要拿着"合群"胁迫你、为难你的人，也压根不是什么好人。

2.

在报社做记者的时候，认识一个加拿大朋友达西，他聘请我给他做了一个项目的翻译。

项目结束后，达西在一个会所请项目组所有人欢聚庆功。

十三个老外，来自五湖四海，就我一个中国人。那天刚好报社排表上分给了我两个版，而我手头上还有四篇稿子需要当天写完等着上版。所以去参加庆功宴的时候，我牵肠挂肚地对自己说，嗯，就玩一个小时，然后就滚回来干活。

一个小时过去了，大家都玩得兴致正浓。有人要玩射箭，让我帮忙跟工作人员沟通一下；有人想点首歌让台上那个身材火辣的歌手唱，要我帮忙问问需要多少钱……

因为第一次合作，我希望给达西他们留下好印象，以便之后有这种钱多事儿少的活儿，还愿意再次找我。两个小时过去了，他们完全没有散的意思，而我，也不好意思先行告退，但是因为一堆稿子还在等着我，所以每过去一个小时，我就焦虑地看一下时间……

四个小时之后，我开始心不在焉，焦虑爆棚，如果晚上十点前交不了版，我必挂无疑。于是，我决定酝酿理由，酝酿各种抱歉的情绪好让自己能妥善退场。这个时候达西注意到我的不对头了。

他问，是不是有事需要提前走？

我脸一红，支支吾吾地说出各种理由和原因来表达自己不得不提前退场的惭愧与抱歉，没等我说完，他马上打断我，一脸诧异地问我，小轨，你要是有事需要提前离开，为什么不直接说呢？你随时可以走啊，这里没有任何人需要你迁就我们才能开心的，而且，也没有人有权利干涉你的自由啊。

之后，达西在中国的一年，我们一直保持着稳定的合作关系。

同道中人，和而不群；非你所愿，群而不合。

"合群"并不能成为一种可靠的价值判断，当你和一个群体交往感觉到累的时候，说明你们可能并不是同一类人。不是所有的群，你都要迎合，胁迫性融入群体很难给你带来任何舒适与价值。

更甚的是，当你削足适履地绑架自己强行融入一个自己压根不喜欢的群体，这往往意味着一种堕落的开始。

在《在细雨中呼喊》一书中，余华写过这样一段话：

"我不再装模作样地拥有很多朋友，而是回到了孤单之中，以真正的我开始了独自的生活。有时我也会因为寂寞而难以忍受空虚的折磨，但我宁愿以这样的方式来维护自己的自尊，也不愿以耻辱为代价去换取那种表面的朋友。"

有很多人，只是因为害怕别人说他孤僻才去社交，才去牺牲自己的独立精神与真实意愿让自己出现在声色犬马的群体狂欢中，但真正有所成就的人，都在用"不合群"的时间去重塑真正的自我。

合群确实能给很多人带来安全感，孤僻、不爱说话、跟大家玩不到一块去，在现实生活中确实是一件很危险的事。

但是，有些平庸的群体就是怕你出挑，他们就是要同化你，就是要想尽一切办法把你拉低到平庸的层次里，这样，他们才有群体平庸的安全感。

你害怕不融入群体会被大家鄙视，但是，用"合群"胁迫你融入群体的人，更怕被你鄙视。

无敌向来寂寞。妥协来的泛泛之交，很难让你受益颇多。

合群确实会给人带来资源机会，这就是有人明明心不甘情不愿，但还是要打起精神来觥筹交错不断喝吐的原因。

但是，有独立精神的人，多数不稀罕那些所谓的人脉资源。

泛泛之交，多是表面资源。唯有择良木而栖，择良友而交，让自身强大，沉淀真本事，才能跟别人平等对话，才能不卑不亢地谈合作共赢，而不是跪求帮忙。

朋友过生日，来吧；谁谁谁结婚，去吧；晚上来喝酒啊，好的。很多人跟我们并不熟，但因为一句"都是朋友嘛"，就挽着面子颠颠地去了。

为了"合群"，我们究竟浪费了多少时间？

我们以牺牲自我意愿为代价的"合群"，又能给我们带来多少我们期待的友谊与资源？

有时候，不是别人绑架了你的意愿，而是你用不切实际的期待绑架了自己。

合群很重要，但是要合一个什么样的群，更重要。

没有人逼着你去做一个小可爱，合群的目的是交流学习，彼此提升，或者只是为了纯粹而真实的情谊。

如果这两样你都不为，只是花费大把的时间让别人都说你"人很好"，那么，你就不得不接受一个事实：这样的群，合而无用，只是在帮你消磨余生。

　　唯有尊重内心，擅做取舍，才能脚踏实地拥有一个清净快乐的自我。

　　合群不是规则，你终究还是要对自己负责。

没有收不到的信息，只有不想回复的人

人家活得很洒脱，你却一直在堕落。

1.

前几天月同学突然兴奋地跟我说："小轨，这下我可要上天了，岑哥今天突然主动联系我了。"

我说："那能说明什么啊？"

月同学白了我一眼说："废话，你说这能说明什么啊，我以前给岑哥发消息他都不怎么回我的，要么就是我说十句他回一句，搞得我整天跟做调查问卷似的，本来正聊得好好的，他一说去洗澡就跟死在浴室里了似的，我再问他洗完没，就完全没反应了。而且，每次聊天，最后一个回复的总是我，这次他竟然主动给我发信息了，你说他是不是终于又喜欢上我了。"

岑哥是月同学倒追来的男朋友，他们谈过一段极短的恋爱，一个月后，岑哥说发现还是不太来电，于是想分手。月同学哭得死去活来，求他再给个机会。岑哥一脸为难地说，要不先分开一段时间试试。于是这一试，就是三年。

分手后才一周，岑哥就直接换了电话，因为月同学像柯南一样随时"侦察"着岑哥的一举一动，力求从每一条朋友圈状态里找出任何蛛丝马迹来变相证明岑哥依然爱她。

联系不到岑哥，月同学就来问我："小轨，你说，岑哥是不是得了癌症什么的所以才看不得我的消息啊？"

我说："是啊，但他得的是一种不爱你的癌症。"

有人跟你说，我们先分开一段时间吧。也有人跟你说，我想一个人静静。其实，很多时候，他们都只是在努力为分手这件事找一个合适的时机与合理的借口，你却在那儿独自沉迷于自欺欺人的游戏，三天两头拐弯抹角地跟他提起往事试图唤醒他爱过你的零星记忆。

很多人，压根还没学会如何在一段关系中与前尘往事好好告别，但是这并不代表你还有戏，非要等他赤裸裸地求你放过他时，你才收拾一地鸡毛，必然会有些措手不及。

不爱了，连回忆都是负荷。

一条不经意的消息，你在这边鸡飞狗跳上天入地，他在那边云淡风轻一如既往。

他突然不联系你了，他突然又联系你了，什么都说明不了，因为真爱从来不只是偶然想起。

2.

刚毕业时，跟烈烈进了同一家媒体实习。才一个月的时间，她喜欢上了栏目组的一个男老师，白天烈烈兴奋地跟老师手牵手上山下乡四处猎奇，晚上回来像例行公事一样接那个谈了已经有四年之久的男朋友的电话。

没跟老师好上之前，她一回到寝室，就马上歪倒在床上喋喋不休地跟男朋友讲新单位的各种稀罕事儿：谁在寝室养了只狗被主任骂惨了，谁扛设备出去拍了一圈一个镜头都不能用简直是废物一个……各种激情互撩在胸前花枝乱颤，各种隔空么么哒送个没完，甜兮兮的小情爱烦得我经常朝她扔枕头。

一个月后，她对无所不能的老师肃然起敬，几秒的工夫就火花四射地宣布两个人亲密地在一起了。

晚上电话一响，她不再欢呼雀跃，而是皱着眉头充耳不闻，经不住穷追不舍的铃声叨扰，她没好气地接起来，也不再热情。男朋友问她今天话怎么这么少，为什么不开心，她就大发雷霆，说工作这么累，每天我还必须要跟你赔笑脸吗？

以后的每次电话，她要么就是接着接着跟男朋友吵起来，要么就是索性不接。男朋友问她干吗去了，她就冷冷地说，没听到，没看到，没收到……

我忍不住问她："不爱了为什么不直说？"

烈烈愣愣地说："怎么说啊，我们都交往这么多年了，而且他也没犯错。"

是谁规定没有犯错就不能分手的？又是谁告诉你只有用冷漠才能消磨尽爱情最后的光泽的？

最深的伤害，不是突如其来的明牌，而是我在这心心念念规划着两个人的未来，你却在那含含糊糊谋划如何才能妥善离开。

3.

一段关系中，最让人难受的，不是分手后一个人独自承受的落寞，而是分手前你突如其来的态度冷漠，而我却死活不知道为什么。

一厢情愿的人总是不愿意直面突变。总是要给他找各种各样一推就倒的烂借口，总是认为他没回信息只是因为没看见，总是觉得一个浅浅的问候背后深藏一个天大的玄机……

江湖浩渺，无论是友情还是爱情，都悄然无声地活在一个风云变幻的世界里，或许这一刻确定，下一刻就逃离，谁都无法套牢别人磐石无转移地与你相伴一生。

突然遇到了一见钟情；突然爱着爱着不爱了；突然失去跟你柴米油盐的勇气；突然再也做不到繁华退却后的不离不弃；突然觉得你这个人真没意思；突然发现你这样的软蛋压根不是我心中的盖世英雄；突然发现你这个朋友压根不值一交……

有人不敢直面心中的对不起，但也没办法心无旁骛地继续假装爱你。

爱与不爱，都没有什么道理可言，十年也许赢不过一秒，掏心掏肺也许比不过一笑。

有些人，初见是好，一段时间后就让你感到莫名恶心；有些人，一见无感，再见却让你神魂颠倒再无他念。

越来越多的人不再盲从于一眼就必须一生，于是我们身边的不少情情爱爱都在经历着或好或坏的变迁。

这种变迁，有时候是别人给你，有时候是你给别人。

很多人的死缠烂打，不是因为此生非你不可，而是因为你的不忍告别苦苦逃避，于是他不得不沦陷在无望的幻想里不肯醒来。

但是，人生路，还很长，不管真相是好是坏，知道真相痛过之后重新起航，总要好过带着一个谜一样的羁绊无以为继度过余生。

4.

很多事，从一开始我明明就早已预料到了结果，但是我总在较劲，只想问问他，多年后你跟别人情深似海时，会不会有一天，偶尔也会想起你曾欠我一个再无可能的未来。

只有善于自愈的人，才更容易接近幸福。

米兰·昆德拉在《生命不能承受之轻》中说，追求的终极永远是朦胧的，要避免痛苦，最常见的就是躲进未来。在时间的轨道上，人们总想象有一条线，超脱了这条线，当前的痛苦也许就会永不复存在。

所以，如果有一天，你不爱了，一定要直接告诉我，别以不忍为名肆意消磨我对你毫无意义的期待。在时间的轨道上，唯有了解才能放过，唯有面对才能超脱。

　　总有一天，我会在不爱我的人那里看清世界，在爱我的人那里重获一切。

别上来就咱俩谁跟谁，咱俩还真没那么熟

人与人之间的感情，有的靠嘴，有的靠具体行动与细节。

1.

一个设计师朋友，今天早上气哼哼地跟我说，刚拉黑一个白痴。

一个连面都没见过的微信好友，问他能不能随便给做个LOGO，还说自己要求不高。朋友说自己没那么随便，就把设计报价单发给那人。那人半天回他个笑脸，说："小老弟别这么认真嘛，咱俩关系这么好，你做完我请你吃顿饭还不行吗？"

什么是交浅言深？举两个小例子。

第一个。

因为写过几篇疯传朋友圈的微信小爆文，一个十年没联系长我一届的学姐突然找到我，上来就说："妹妹，还记得姐姐吗？今天在朋友圈看到有哥们转了你的文章，他说很想认识你一下，姐把你推荐给他了。我说这都是我当年关系很铁的姐妹，你把你现在的电话号码给我，我发给他。"上午我正忙着热火朝天地写稿，就给她回复了一个笑脸。三分钟之后，她就发飙了："哎哟，你现在真是架子大了，连和我说话都爱答不理了。"

第二个。

一个畅销书作家朋友，跟我讲起过一件事儿。有一次新书上市，她为了跟读者预热互动，就在朋友圈发了几个封面图，问大家更喜欢哪个设计。很多人都给了她中肯的意见，也有人客客气气地祝她新书大卖，只有一个人，在底下故作熟络地留言，"每一个设计都很卖弄，都很适合你装"。而这个所谓的朋友，只是在一个聚餐活动上跟她打过一次招呼要走了她的微信号。

第一个，一个几年都不联系高我一届的学姐，我们之前在学校里说过的话总共不超过五句，也不知道谁给她的勇气，让她可以收放自如地张口就说："连我都不放在眼里？连我亲自张口了都不给面子？连我都咋地咋地……"

第二个，是一个一面之缘的同行朋友。我们在发朋友圈的时候，其实很多铁磁闺密会黑我们，但是我们都感觉毫无违和感，甚至用加倍的狠话与调戏笑嘻嘻地回敬回去，但是一个并不熟悉的人突然用一些看似亲昵的话语讥讽你，你是不是觉得特硌硬？

当别人跟你生拉硬拽套近乎的时候，如果让你产生了一种"你以为你是谁"的反感，这就是交浅言深。

有人交浅言深，只是因为天生热情，但是还有一些人，却是因为想急不可耐地利用你的价值找到让他快速获利的捷径。

令人感到舒适的朋友，往往都懂得如何不越界。

2.

电影《大话西游》里，至尊宝历尽万难终于回到五百年前，遇到白晶晶的那一刻，胸口的雷霆万钧喷薄而出。当他激动地向白晶晶描述五百年后两个人的炙热爱情时，白晶晶愣了："你……你现在想怎么样？"

至尊宝答："看到你我不用再回去了，我们现在就成亲。"

白晶晶愣半天之后，尴尬地说了一句："我今天出门牙齿忘刷了。"

五百年前，我对你无感，无论你说我们以后的爱会有多么天花乱坠，此刻的我都无法陪你感天动地双宿双飞。

我们遇到那些热情过度的人，那一瞬间的尴尬与难以应对，都莫过于此。

几年不见的亲戚可能上来问你一个月挣多少钱，你说还可以吧，他会锲而不舍地继续问你，还可以是多少啊？

刚认识的朋友，在微信上止不住地跟你说三道四，说这个贱人，说那个白痴，还要求你跟他站在同一战线。你如果委婉地说你要去洗澡了，他会说你去吧，等你洗完我们再接着聊。

入职没几天，你的桌子上就被放上了红彤彤的喜帖，你看了看，名字不认识，有人走过来拍了拍你的肩膀说，以后就是同事了，明天来喝我喜酒哈。嗯，然而我连你叫什么都还不知道，你已经能觍着脸来问老子要份子钱了。

有人对你笑而不语，可能只是为了给你面子。不是让你顺着竿往上爬，所以你最好别太着急去进一步挖掘别人不愿多言的真相。

有些关系，只是表面上看起来不错，而但凡长点心的人，都能察觉到别人内心深处对你的抗拒。

3.

之前刚毕业没多久，进入一家公司实习，认识一个姑娘。

发现她不但跟我同一天进入公司，而且老家跟我是同一个地方的，于是好感爆棚，在新环境中亲切感倍增。

第一天中午吃完饭，她便约我陪她出去走走，这一路，她向我敞开心扉说尽自己的不如意。

男朋友对她很不好，而且很小气，她想要一束花，男朋友都说那个不实际。她说因为自己从小缺乏安全感，所以想结婚前把自己的名字加到男方的房产证上去，但是男方的妈妈却故意刁难她，说家里条件也并不太好，所以希望她能够出点钱装修。合租的室友也不是个好东西，会背地里把她说得很坏。

她一脸无辜地问我："小轨，我该怎么办啊？"

我当即义愤填膺地为她愤愤不平，说："男人连束花儿钱都不舍得给你花，那不分手还等啥？"

三个月后，她跟她口中一无是处的男朋友结婚了。我大为震惊，后来和公司同事一起去参加她的婚礼。她挽着新郎朝着我走来，敬酒的时候一脸的轻蔑，毫不掩饰地跟新郎互换了一个"就是她说你坏话了"的眼神，从新郎眼中，我看到了赤裸裸的敌意与不友好。

后来，从朋友口中得知，男方虽然没给她买鲜花，但是把买鲜花的钱给她买成了衣服。男方家长让她出的装修费，只是象征性地要让她出 2 万块钱，而她一心想出现在房产证上的房子总值是 60 万。那个被她说成长舌妇的舍友，在她发烧的时候趴在她床头守了她一整夜。

初识的朋友，不了解的陌生人，跟你提起她的不幸时，有时并不是想让你替她出谋划策决胜千里之外，也许只是想拿你当"树洞"一吐为快。

你却像个白痴一样，交浅言深，入戏太快。

人生不如意事常八九，可与人言无二三。我们与城府太深的人之间，永远隔着太深的套路。

睿智的人，不会对谁都掏心掏肺。因为，不是所有的人都值得你鞠躬尽瘁。

4.

大三那一年，正值青春反叛，跟男朋友吵完架后，一个人去海边抽烟。

突然收到一个姓宋的老师打来的电话，她听上去有些担心，问我："姑娘，你现在在哪儿啊？"

我故作没事儿地回她说："外边玩呢。"

她沉默半晌，说："刚才跟某某老师一起开车路过海边，看到一个姑娘不知道是不是你，当时有别的老师在，就没喊你。你一个人在外边挺不安全的，还是早点回学校吧。"

我跟宋老师之前的交集，仅限于每个月校报评报的时候会讨论一下，平日里极少说话，而她仅仅凭这样一个细心的举动，让我无限感恩。

如果宋老师当着别的老师的面喊我，那么一车的老师都知道了，我这样一个看上去品学兼优的学生其实是个偷偷抽烟的不良少女。于是宋老师选择跟其他老师分开后，给我打这个电话，既关心到了我的安全，也没有伤害到我的自尊心。

每逢教师节我要祝福的老师寥寥无几，但毕业这么多年以来，唯一保持着长久联系的，只有宋老师一个。

人与人之间的感情，需要具体的行动与细节去践行质量，而不是靠一张嘴说个天花乱坠。

什么样的朋友走心，什么样的朋友走金，无关时间，无关嘴脸，只需要一件小事儿，就能看清一切。

你不需要张口就说"咱俩谁跟谁"在我这一通演，你做的每一件事儿，都倒映着你的整个人生。

而真情只消嫣然一顾，人间颜色便如尘土。

为什么听过很多道理，却依然过不好这一生

再多的道理，也救不了你的懒。

1.

我听过很多逆袭的故事，这个最让我震惊。

之前的一个同事小昭，1992 年出生的姑娘，刚认识她的时候体重 148 斤，身高 165 厘米，用她自己的话来说，雄壮如牦牛，只需微微一笑就可吓退三千猪羊。

小昭离开北京前，几个同事一起给她摆酒饯行。

那天她没有化妆，也没有手持日常专用的 PRADA 包，头发太油也懒得洗，于是拿头绳扎胡乱扎了个毛毛躁躁的马尾。因为离愁别绪在心头，所以酒过三巡小昭就有些微醺，她突然哽咽着说："如果现在谁会对我这个丑女表白，恐怕就是真爱了吧。"

所有的人哄堂大笑，独留她一个人怅然悲情，这一别，便是两年。

昨天她突然给我发来一张照片，要我帮她参考脚上试的一双 ASH 鞋好不好看。我定睛一看，张口就是一个大写的惊讶："这双纤细勾魂的白富美专属大长腿是你的吗？"

她羞涩一笑，说："是呀，我现在体重92斤。"

"你这么嘴馋竟然可以减肥成功，怎么做到的？"

小昭说，也没啥，就还是以前的老方法，只不过这次动真格去做了。

小昭口中说的"以前的老方法"，我们公司每个欲求瘦身的姑娘都知道。

晚餐换成水果和水煮菜，其他两餐正常吃，每天仰卧起坐加3公里跑步，如果逢上躲不开的饭局，该吃吃，计算好卡路里，吃完休息半小时后必须跑步，一直跑到能够完全抵消掉饭局上过度摄入的热量。

这方法听上去老套无新意，核心无非就是"管住嘴，迈开腿"。

道理谁都懂，但真正能成功逆袭的，为什么却始终寥寥无几？

我们一生总会听过几次让自己豁然开朗的课，见过几个让我们醍醐灌顶的人，遇见几件让自己热血沸腾的事儿，当时我们真的以为自己获救了。可是每当群体热情散尽，情绪调回独处的时候，你往往就会失望地发现，什么天花乱坠的道理，其实根本就没什么用啊。

是道理出了问题吗？很遗憾，道理本身无所谓对错，它们只不过是不同的人因为不同经历得出的不同结果。

而真正的问题在于，再多的道理也救不了你的懒。

2.

　　对于一个鸡蛋来说，从外打破是食物，从内打破是生命。人生亦是。从外打破是压力，从内打破是成长。如果你等待别人从外打破你，那么你注定成为别人的食物；如果能让自己从内打破，那么你会发现自己的成长相当于一种重生！

　　人人都有低谷，人人都有一段必须要一个人走完的路。我们可以在坠入谷底的时候向我们信任的人求助，但没有一个心灵导师可以牵着你的手陪你走完每一步。

　　不负责任的鸡汤会告诉你，世界很好，你只需要换个角度；有点良心的心灵鸡汤会告诉你，世界很糟，我来告诉你怎么办。

　　但无论这些道理是给了你希望还是给了你方法，都不能帮你一步一步地去面对问题、解决问题。即便你有一个超牛的老师，即使你有丰富的人脉，也不能帮你免除独自上路的苦。

　　电影《闻香识女人》里有一句这样的台词：

　　"如今我走到人生十字路口，我知道哪条路是对的，毫无例外，我就知道，但我从不走，为什么？因为太苦了！"

　　你可能品遍八大菜系，却炒不出一盘西红柿炒鸡蛋；你可能看过一万本成功学的书籍，却没体会过一次最简单的成功；你可能早就明白两情相悦才能幸福的道理，但却依然做不到放下一个对你早已无感的旧人；你可能在课堂上百分之百地听明白了那道题的做法，但却因为不去实际做一遍而考试的时候还会做错。

从来就没有什么大道理，能够让你只须懂得不必付出，就能人生逆转、一步登天。

践行之路，从无坦途。

3.

刚入设计圈的时候，参加了一个圈内的采风旅游活动。

其中有一个字体设计大师，年纪不大，但却声名显赫，所以大家都认为这是典型的天赋型选手，而且很多人之所以参加这个活动，都是因为他也在。

那天很多人都带了单反相机，拍美女的拍美女，拍风景的拍风景，每个人都玩得不遗余力，只有这个字体设计师，总会时不时举起相机拍一下路边的广告牌、一闪而过的车身涂鸦。

我问身边一起来的朋友："他这是干吗呢？"

朋友一笑说："收集素材啊，这些年他都是这么过来的。吃着饭会翻人家饭店的纸巾包装，出来玩顺手拍拍路边有意思的创意，玩着学着，两不耽误。"

这就是我们误以为不需要努力就能少年有成的天才。

有道理告诉你，天才不需要努力就能成功，而你努力半天也没什么用。

于是你想，既然这样，努力半天如果还是失败岂不是白白浪费了时间，于是放弃行动，道理顺手也被抛之脑后，原地踏步半生，问题还是问题，平庸还是平庸。待垂垂老去，你或许会不置可否地说一句：听过很多道理，却依然过不好这一生。

但现实是，没有任何人，可以能耐到神不知鬼不觉地随随便便就能过好这一生。

真正好的一生，总是需要你去行动。做无数件别人不屑尝试的小事，拒绝那些试图迷惑你不需匍匐的虚假繁荣。

道理不会赐予你捷径，它只会让那些一直在一步一步往前走的人，过上比昨天更好的一生。

父母在不远游，父母不在何所求

我这一生，只能由自己过完。

1.

前天，一个读者突然问我有没有一篇写妈妈的文章可以拿给她看，她说她妈妈癌症晚期，时日无多，她很痛苦。我说我只写过一篇《六一儿童节的奇幻出走》，因为童年时代烦透了妈妈一意孤行的管教，然后一气之下离家出走的故事。

她看完之后，就在昨天，留言回复我："原来拼命加班工作试图以时间换钱，现在想穷尽一切方法竭尽所能为妈妈换时间，事实往往不尽如人意。就像昨天想跟你要一篇痛彻心扉关于母亲的文章以此大哭一场，才发现所有别人写的东西，都不如当下正在发生的事更可怕更痛心。还是要谢谢你，谢谢你回复我。等妈妈离世后，也想与这个世界做个了断。没有亲人的世界，实在是太痛苦了。"

我看了一下记录，这个读者 6 月 15 号关注"好姑娘"微信公众号，之前一直跟我是零互动。她每天都在默默看我更新，不参与留言，不参与讨论，只是看。

看完那篇文章后，她打赏了 200 块钱，然后杳无音讯，无论我再问什么，都再无回复。

我很担心她。

那种看着亲人一天天离自己渐行渐远的痛苦，确实没有人真正可以跟你感同身受。昨天在改长篇的时候，脑子里反复在想她留下的这三句话。

"原来拼命加班工作试图以时间换钱，现在想穷尽一切办法竭尽所能为妈妈换时间。"

"所有别人写的东西，都不如当下正在发生的事更可怕更痛心。"

"等妈妈离世后，也想与这个世界做个了断。"

每句话都充斥了生无所恋的绝望，尤其是最后一句，最是心痛。

生死一直在我们身边发生着，有时候是朋友，有时候是亲人，所以相比于失去爱情，有时候彻底失去一个让自己轰然倒塌的亲人，更能让我们明白什么才是真正的失去。

我们越长大，经历得越多，好奇心就越少；得到的越多，小确幸就越少，很多人越来越感受不到活着的乐趣。所以我们经常听到一句话：真没意思。

嗯，如果一个人没有了精神支柱，活着好像是挺没意思。

人一迷茫，活着就变成了日复一日的煎熬。

但是我们的归属感与方向感从来不是别人可以给到的。

"我生本无乡，心安是归处"，那么我们为什么要活着？要如何活着才不会让我们觉得没劲？你想过吗？

2.

　　我很小就知道父母在不远游的道理，但是却不肯妥协做个就这样留在爸妈身边每天朝九晚五差不多就嫁了的乖女儿。

　　因为坚持北上，我妈跟我绝食对峙；因为回到山东后心有不甘又要去南京，我妈连着一个月天天站在我书房外边可怜兮兮地求我再考虑一下。

　　所以，从父母在不远游的孝道角度上讲，我就是不孝。

　　后来，爸妈相继生病住院，我去医院刷卡交钱办住院手续的时候，当时特别庆幸自己在年轻的时候选择去了最适合自己的城市多赚点钱，否则即便我本本分分留在父母身边，却可能在爸妈生病住院危在旦夕的一刻，只能为了筹钱焦头烂额、抱憾终生。

　　这种无能为力的陪伴，换一种场景，也变成了不孝。

　　一种孝，就是真正有实力让父母老有所依。

　　我们都希望如果有一天亲人真正遇到事儿的时候，我们无论在时间上还是在金钱上都能成为他们强有力的依靠，但是现实很残酷，它经常会给我们出一些无法两全的难题。

　　无论你怎么选，不到最后一刻，你都不知道自己是不是选对了。

　　同样，我也见识过子欲养而亲不待的真实例子。

　　我曾经的同事，现在的闺密燕子，上着班突然接到电话，回来眼圈通红，只是说需要请假回家，问她什么也不说。等她再回来的时候，我才知道她爸爸突然去世了，但是她看上去正常得就像是个没事儿人一样。

直到两个月后，正赶上父亲节，我们一起在上海出差，我一时失口提醒她记得给她爸打个电话，然后她突然一言不发地坐在床上，好大一会儿，"哇"的一声就哭了出来。她说她特别恨自己，因为她妈妈给她打电话说她爸爸快不行了的时候，她还以为她妈妈在跟她开玩笑。

燕子一直知道爸爸总胃疼得龇牙咧嘴，但是却从来不知道她爸爸得的是胃癌。

从北京到安庆，1200多公里，燕子日夜兼程马不停蹄地往回赶，却没有见到爸爸最后一面。

燕子眼圈红红地对我说，你说我在北京起早贪黑玩命打拼挣这些钱有什么用？还没来得及让爸爸享一丁点儿福，我爸就没了，我当初要是离着我爸近一点，也不至于连最后一眼都没看上。

去年我们在北京吃散伙饭，问她接下来怎么打算的。

她说回家。

我问她："终于还是舍弃北京的高薪工作了？"

她哽咽着说："嗯，想清楚了什么对我来说更重要。一想起我妈一个人在家总是懒得做饭，每顿饭都对付，我就想回家陪她一起正经吃点儿饭。"

相比于给妈妈更好的生活，她觉得陪着妈妈粗茶淡饭更能让她快乐。她经历过一次子欲养而亲不待的痛苦，她不想再去经历第二次。

所以，还有一种孝，就是陪在身边。

每个人对孝的理解，表达孝的方式都不一样，每个人的家庭情况不同，每个家庭对儿女的需要也不同，所以，我们也无法对孝与不孝做一个绝对意义上的行为定性。

只要初心向好，便本无错，如有遗憾，也不必苛责。

3.

父母在不远游，父母不在何所求？

每个人活着的格局都不一样，有人活着只为一人心，有人活着忧国忧民心怀天下。

活着是一个命题，活法是一个解题办法。

只要能把题解出来，就无所谓好坏办法，因为有人就是愿意绕远路多看看风景，而有人喜欢走捷径用最快的速度一看究竟。

但是，当我们赖以生存的唯一精神支柱没了，那么活着又有何所求呢？

你当然要有所求，因为你不但有父母，你还是别人的父母，你不但有爱人，你还是别人的爱人，你知道失去一个人的痛苦，就应该了解别人失去你的痛苦。

之前一个朋友跟我说过一件事儿。

他妈妈癌症晚期,每天饱受病痛折磨的煎熬,他心痛不已地劝他妈妈,如果坚持不住,我们就放弃吧,不想看你受苦了。他妈妈说,那不行,我多活一天,我儿子就能多看见我一天。

朋友一向乐天开朗,一次酒后说起此事,一桌人当场飙泪。

每个人都有自己对生命意义的理解。我不了解你的痛苦,就没有权利对你放弃生命的行为指指点点;我不了解你想要的人生,也没有能力告诉你什么样的人生才能让你过得快活。

但是,我们的一生,只能是我们的一生,无论我们觉得谁对我们来说必不可少,这一生都只能由你自己亲自过完。

时光对于每个人都特别公正,不管你选择匆匆结束,还是悠然自得,只要你愿意去感受身边的草木枯荣、花开花落它就会赐你四季轮回的快乐;只要你愿意打开自己找到内心的安宁,每一本书都能带给你字里行间的善意。

荣格说:"人完成自己,并不需要一个所谓世俗的标准,而是要做到自己的完成跟自己的完整。"

有人以平凡度日来完成,有人用慷慨赴死来演绎,这期间并没有高下之分。

因为对于生命而言,这一生的尽头,未必不是殊途同归。

《一个人的村庄》里说,许多年之后你再看,骑快马飞奔的人和坐在牛背上慢悠悠赶路的人,一样老态龙钟回到村庄里,他们衰老的速度是一样的。时间才不管谁跑得多快多慢呢。

重要的是，这一生你真的体会过为自己奋不顾身奔跑过的快乐吗？

天不老，情难绝。心似双丝网，中有千千结。

世情多愁终多恨不假，但云水深处有暗香也真。

前提是，活着，并等到。

第二章

皮囊在笑，灵魂在哭

不忍你太过难堪，不代表我没手段

不赶尽杀绝是念旧日情分，不惯人毛病是让你知道宽恕不代表蠢。

1.

昨天一个读者跟我聊到半夜，话题是有关朋友的背叛。

他说自己开了个小公司，效益还不错，每年毛利能做到几千万，但最近一个核心高管突然毫无征兆地向他提出离职，说是因为妻子流产，他深感亏欠，所以想拿出时间来好好陪伴。

这个核心高管自创业之初就跟着他干，也是多年好友，虽然他万般不舍但还是深感抱歉，一番挽留无果后，他优雅放行，并给了这位核心高管一笔钱希望他的妻子早日康复。

但不久之后，他就从其他员工口中得知，高管妻子诞下 7 斤男婴，喜讯传遍整个朋友圈，但唯独屏蔽了他，而高管的妻子，也压根不存在流产一说。更让他震惊的是，这个高管拿走了公司所有的资源，注册了新公司另立山头，疯狂转移他现有公司的业务，并跟客户言之凿凿地说这就是他公司的分公司。

现在最困扰他的，不是该如何"收拾"这位前高管，而是顾及两人这么多年的交情，这件事要做到什么程度才能既能给他一条活路，又能给他一个警示。

在这之前，他已经察觉过一次这个高管拿回扣的事儿，他私底下找这个高管谈过一次，高管神情慌张当即认错，说自己最近投资失利资金窘迫，所以才一时见利忘义。这件事情以高管道歉并保证下不为例，并且他亲自拿出一笔钱以朋友的名义资助高管了事。

所以，这样看来，这还是一种习惯性侵犯，也是一种习惯性原谅。

那么，我们要如何对待一个老朋友的恶意侵犯？

很多人会说，算了吧，这么多年的朋友，他不仁你不能不义啊，不然别人肯定说你们狗咬狗没一个好东西，你就当什么都没发生，他一定会感激你的。

但很遗憾，遇到得寸进尺的人，他会把你的宽恕当成是一种你特好欺负的信号。

人性里有时候本就存在着欺软怕硬的试探本能。刺你一刀，你没反应，他当然要再刺一刀大肆跃进，说不定还会呼朋唤友地让大家一块来玩玩无偿侵略的爽快。

无底线的伤害，恰恰是因为无底线的忍耐。

2.

有个朋友，1985出生的白羊男，是个典型的家族企业继承人。

曾在面对公司内亲戚高管大面积贪污时，做过一件令人拍案叫绝的事儿。

因为朋友的公司是做高科技产品的，所以跟中层以上的管理人员都签了一大摞的保密协议和竞业禁止补偿协议。因为是家族企业，所以公司有相当一部分元老级管理层，都是父辈时代遗留下的亲属。

这些老江湖仗着掌握着公司多年的业务机密，就明目张胆地想趁退休之前捞一笔，朋友发现这件事儿后去找父亲商量怎么办。朋友父亲说，他知道这事儿，但是没办法，都是跟了公司多年的元老，而且沾亲带故，差不多就睁一只眼闭一只眼了，毕竟都不容易，惹急了他们，肯定要做对公司不利的事儿。

朋友反思，是不是给他们的待遇不够高，他们才会这样？

但是他认真做了横向纵向比较之后，惊讶地发现，这些人拿到的工资，不但在同行业中属于绝对高薪，而且相比于公司同层同岗的同事，他们的薪酬也高出一大截。

于是，他什么都没说，只是突然集中了一批元老骨干强行送去国外度假，同时，向公司输送了一支审计部队，将这些有问题的高管进行了贪污证据的收集与彻查。

等他们回国后，朋友没有在公司大会上公开此事，而是把他们叫到总裁办公室说了两件事儿。

一个是，HR正在招聘新人接替他们的职务，尽管如此，在场所有人依然可以拿到岗位工资与待遇直到退休善终，但是自此以后，不该他们拿的不义之财，他们一分钱也别再多想。

另一个是，目前公司收集到了他们所有的犯罪证据，如果有人向业界透露任何公司的业务机密，那么这些证据足够让他们在监狱里终老一生。

这件事情就此解决，从此朋友公司的廉政部不再畏首畏尾，目前朋友公司已经上市，如今发展得愈发蒸蒸日上。

"一次不忠，百次不容"或许有些残忍与绝对，但是人在面对明目张胆肆意侵犯的时候，一定要有明朗的态度与制衡的手段。

不赶尽杀绝是念昔日情分，不惯人毛病是让你知道宽恕不代表蠢。

3.

一群朋友聚在一起吹牛，说起小时候的自己。

其中一个彪形大汉说他小时候其实个头长得挺小，经常被人欺负，不管他带多少好吃的给班上那些小坏痞，他们还是一不开心就当众欺负他玩。

他之前一直觉得，只要一再退让，别激怒他们，自己就是安全的。后来事情根本不如他所愿，欺负他的人越来越多，他不幸成了坊间流传的"豆豆"。

有一次，一个小男孩打他耳光，从教室第一排，一直把他扇到最后一排。他躲在卫生工具里，满脸通红，又气又怕，心里升起一种前所未有的窝囊感，不觉间攥起了双拳。打人的小男孩见状哈哈大笑，哟，你还敢还手了，你倒是还啊，说完又是雨点般密集的耳光接踵而至。

围观的人越来越多，大家都在当笑话看。

嗯，他忍无可忍动手了，下手太重，打人的小朋友被他干断了鼻梁，全场的小朋友都吓坏了，后来家长赔偿处理了这件事儿，他也结结实实地挨了大人一顿打。

但让他震惊的是，回到学校后，从此没有人再羞辱欺负他，连这个打人的小男孩都态度大变，出院之后每天上学都叫上他一起，俩人好得称兄道弟，这段铁血友谊一直维持到现在。

这个例子有点极端。

小朋友的世界里其实没有那么复杂，但恰恰是人性初期不掩心机的年龄，更能反映人性里欺软怕硬的残酷本性。

亦舒在《变形记》里说：人都一样，我与你也有时爽约，失信，说谎，我们无法摆脱人性与生俱来的弱点。

我们活在一个竞争残酷的世界里，跟很多人有着情深似海的交集，我们不能像野兽一样去野蛮反咬，但也不能像羔羊一样任人宰割。

有立场的善良才不会招致利用，有手段的仁慈才会得到应有的尊重。

4.

有段时间，我妈腿部做了手术，出院后在家休养，白天我爸出去上班，我在家写作顺便照料，但因为请假有限，不日后我也要离家远行。

那天我妈手机电话响起，是快递。

我妈挂掉电话后说，有个快递，闺女你去哪哪哪儿帮我取一下，快递的人在那儿等着。

我听完，拿起电话打回去，斩钉截铁地告诉他，请他送上门来。快递小哥有点不乐意了，抱怨说，你走两步怎么了，我这货太多了，你以前能来取，现在怎么不能取。

我没说为什么，就坚持让他送上门来。

快递小哥送上来的时候，本来一肚子气，但一开门，我笑脸接过包裹，然后双手奉上我刚做的蛋挞和冰激凌并谢过他。他一脸羞涩地摆手说，不要，不要了，谢谢。

我恳求他收下，并告诉他，我妈妈这段日子双腿刚动了手术，过几天我也要去外地，所以近期的快递还得麻烦他送上门来，毕竟我家才二楼，也不会费他太大的劲儿，但是对于一个腿部刚做了手术全缠了绷带的老人来说，两层楼就像两座山。

他点点头，脸一红，说，好。然后笑着收下蛋挞和冰激凌，谢过我后蹦蹦跳跳地下了楼。

之前对于打电话过来要我们去取快递的小哥，我们全家都会二话不说主动下楼去取。从小我妈给我的教育是，每个人都活得很不容易，与人方便自己方便。

我很同意。

但是，当别人习惯了你的忍让与付出后，你如果戛然而止，那么事情就会变成，你不够宽容，你小肚鸡肠，你越活越不懂得与人为善。

有些利益在无形中就变成了，你若不去争取，别人就绝不会给你。

就像是，你买个电器大件，多问一句有赠品没，或许就多了个小家电；你若不问，即便是活动规则里有的，说不好有人故意不吱声偷偷留下择日低价转卖出去。

生活中很多看似不起眼的小问题，你一定要有做人的大立场。

这个世界，每个人都活得很不容易，我们确实需要待人宽容与人为善，但唯有挺起脊梁，才能无须大杀四方就能平静安详。

这一生太短，我想按自己喜欢的方式过完

你不能干涉别人的人生，即使你口口声声说是为了他好。

1.

公司里来了一个性格乖张的编辑，叫甜甜，喜欢穿超短裙，每天烈焰红唇，往走廊一站，流光溢彩，见谁都一个大飞吻，写稿能力超强，一个人连干三个版面眼都不眨一下。

单位行政部赵姐看了很不爽，每天一到公司就查她，说她衣着不得体，裙子太短，妆太妖，再不听就罚款。

甜甜一开始还挺听话，第二天就换上中规中矩的衣服，但是赵姐又找她谈话了。500 米远我们就在办公室里听到她在跟行政部大姐吵架了。

"你管得也太宽了吧？我交一个东北男朋友跟你有什么关系啊？你凭什么说他一看就不三不四？你觉得东北男人不稳重我就得跟他一刀两断？"

"我花钱大手大脚是我自个乐意啊，我挣钱不买我喜欢的东西，非得像您一样买一堆自己不喜欢的便宜货啊？"

"你说一句为了别人好，就可以明目张胆地干涉我的生活？"

甜甜之所以生这么大气，是因为今天她男朋友来公司找她，赵姐一听东北口音的小伙子，想都没想就说了个不在。因为她自己女儿的前男友是个渣男，所以赵姐对东北小伙子一向就没啥好印象，还主动找甜甜谈话，让她赶紧断了得了。

帮助别人和干涉别人是两回事儿。

一句为你好，也不能强制别人放下销魂一梦转而走上你认为正确的路，谁都有用自己想要的方式过完一个完美人生的权力。

2.

马克·李维写的《偷影子的人》里的男主角觉得自己最好的朋友吕克继承他爸爸的事业，长大了继续当个面包师整天揉面团简直太没出息了，于是想尽办法说服吕克和吕克的爸爸，像他一样去考取医学院做一个大夫。他的好心确实收到了成效，吕克背上行囊跑到离家千里的城市进入了医学院，可是吕克却花费了很多年的时光才弄明白一件事儿，就是自己根本不是个当大夫的料，他还是更擅长做出漂亮美味的蛋糕，而且做面包的整个过程让他感到又快乐又有成就感。于是多年之后，吕克背上行囊重返故乡，重新干上了做面包的行当。

男主角那个时候才恍然，用自己认为的"为了对方好"，而去干涉别人的人生，到头来不但没有帮到他的好朋友吕克，还害他荒废了半生年华。

"你不能干涉别人的人生，就算是为了对方好。"你只能劝导，但不能硬要别人照着你画的路线走完他的人生。

很多人觉得自己有救世向善的社会责任感，所以希望自己关心与在意的人少走弯路，总是不忍心眼睁睁地看他"误入歧途"。

比如他辞掉公务员的工作去卖小龙虾（我的一个读者）；比如给她介绍一个多金大帅哥她偏偏不要，而是跟了一个万事不出挑的普通小伙；比如她明明都30多岁了但就是不肯凑合一个条件相当的人赶紧嫁了，还在那儿口口声声说要找一个真正喜欢的人；比如她明明看上去家庭和美衣食无忧非要说离婚就离婚……

这时候，七大姑八大姨亲妈后爸的，都很难顺应你神经病一样的选择，总觉得你这是脑癫抽风瞎折腾，说你这么做早晚会后悔的，于是出于好意不停规劝，说你不听老人言吃亏在眼前。

但是，你所认为的安全选择，并不是我想要的人生啊。

你真的是在为我好吗？

还是只是想让我也过上一种跟你一样碌碌无为、平庸的人生？

3.

这些还确实是出于好意，只是没有搞清楚对方想要什么。

还有一些人，完全就是见不得别人好，也看不惯谁出挑。

微博和贴吧里有一群生活在网络里以骂人为乐的人，他们关注一个公众人物的目的，只是为了在评论区第一时间骂他／她。

其实人会爱憎分明是好事儿，毕竟，一个人活在世界上，总有时候需要通过渲泄心中的郁结，以重新认识自己，做一个更好的自己。但是你明明跑一圈就能解决的事儿，凭什么非得火烧他人啊？谁欠你啊？！

谁也没有资格对别人的正当生活说三道四。人家卖小龙虾碍着你喝西北风了？人家长两米的个儿不打篮球挡着你家信号了？人家离婚八遍妨碍你吗？

我们有对公众事件发表言论的自由，但绝对没有干涉别人选择自己生活道路的权利。如果你认为他／她真的错了，你可以规劝帮助他／她，但决不能代替他／她做决定。

即便是你忍不住对有些人的生活说两句，我们也没有必要口舌相向。

如果你不能冷静辩证地去正确看待一个问题，很容易就会被某些人相中，他们最喜欢那种一点就着的情绪派，这类人很容易成为他们排除异己或者实现某种特定目的的枪手。

再说了，你以为这些娱乐圈的大咖和编剧界的精英是傻子吗？他们身处鱼龙混杂的娱乐圈，说什么话做什么事儿最能讨观众和粉丝的喜欢，他们比谁都明白，但是人家就是不想这么做啊，人家靠的是才华。

《无声告白》封面上有这样一句话："我们终此一生，就是要摆脱他人的期待，找到真正的自己。"

你为了我好，我谢谢你。

但是这一生太短，我想按照自己喜欢的方式过完。

人生就是风雨兼程

人不需要每天都快乐。

1.

也不知道自己是不是因为吃坏了肚子，昨天起开始高烧腹泻，难受得死去活来。

当天晚上，挣扎着在被窝里推送了一小段简短的纯文字，大意就是说，浑身太烫，此时发射么么哒易传染，所以暂且按下不发。

哥哥就说，看你疼成什么样子，还有心思愣装没心没肺的大尾巴狼，你欠谁的啊。

我捂着肚子一边往厕所跑，一边笑着说，那怎么办，告诉全世界我现在很惨啊？他们一定会高高兴兴地马上让我有多远走多远。

接下来，后台就收到了 2000 多条留言。昨天趁还没大碍的时候截取了几个，今天下午就跑去州医院挂水去了，挂急诊，连打 4 瓶，肚子依然疼得惨烈。因为感觉自己随时都有可能撒手人寰，所以马不停蹄地看书，不停地构思一个将死之人重获新生的剧本。

哥哥说，我就是典型的忘我勤奋之人。

我这金刚不坏之身，看完你们的留言，侧着脸竟然感动得哭湿了枕头。

让我感到吃惊的是，很多从来没跟我有过任何互动的粉丝，突然就因为得知我生病了一下子冒了出来，有几个还担心我穷得吃不上热饭，不辞劳苦地从底部菜单上找到了我的微信号，"哐哐哐"发了几个大红包，让我滚去买药。

这烧实在是发得好啊，这让我习惯了假扮无恙的皮囊瞬间哭成狗。

2.

我从小就是跟自己的亲哥哥比对着长大的，天生好战，能不低头就绝不低头。

我很早就认清了这个现实世界，总觉得无论你曾经面对多少冷眼与嘲笑，但是最后能挺过来说话的，还是实力二字。

所以我的人生字典里很少有"示弱"二字。

下午在朋友圈发了一张挂水的照片，配了四个字：天妒英才。

朋友圈朋友的反应大概分成了这么几种：

（1）看来无大碍嘛，还能发自拍。

（2）赶紧给我好起来，然后问病情，给你良方，盼你康复。

（3）接到几个急吼吼的电话，大概就是担心我没人陪床要来陪床，问我在哪个医院马上要来送药送吃的。

第一类，是你的看客，你笑他就乐，一别就两宽，从此是路人。

第二类，是你的灵魂大麻，即便天涯两隔，他也非要挂念你到海枯石烂。

第三类，是最下饭的行动派，管你是死是活，他都随时准备为你鲜衣怒马、仗剑天涯。

其实真正在意你的人，即便是你假装乐开了花，笑抽搐了，他也能一眼看穿你苦于硬撑的内心，丝毫不给你接着装的机会。

3.

哥哥买饭回来，一脸忧心地问我："小轨你发朋友圈不怕你爸妈看到后担心你啊？"

我晃了晃手机，一脸诡笑，说："我发之前把他们都屏蔽了。"

这些年，很多人都跟我一样，早就练就了一身报喜不报忧的好武艺。

之前有一个1993年出生的同事，她只要一不开心，马上就坐地上号啕大哭。我好几次都是远远地站着，看着周边人少的时候，冲上去赶紧把她拉走。

我问她："当这么多人面哭，你不嫌丢人啊？"

她擦擦眼睛说："啊？丢人？完全顾不上想这些啊，伤心还来不及呢。"

我们越长大，就越不擅长顾及灵魂的感受，有时皮囊负重前行，灵魂却掩面而泣。

4.

2015 年，我曾经在潍坊万达广场策划过一个"坚果节"，当时邀请了一个叫木木的魔术师在台上扮演小丑。

那天刚好是"童心"专场，很多大人带着小孩在台下看得"咯咯"直笑。有个小朋友刚好站在我旁边，他拽着妈妈的衣服，问："妈妈，那个小丑是个傻瓜吗？"

妈妈说："不是啊，他只是穿着小丑的衣服和面具逗我们笑呢。"

小朋友问："那这个大哥哥在面具后边也在笑吗？"

魔术师木木从台上下来的时候，我把出场费结算给他。我问他："你不开心的时候，也会接这种活吗？"

他说："会。"

不开心的时候，就用面具笑，自己躲在面具后边哭，正好也没人看到。

我今天反复在想一件事儿，其实我们慢慢变成了成长的小丑，怕哭会变成别人眼中的笑话，所以学会了用皮囊在笑，灵魂在哭。

但是，爱你的人，懂你悲欢懂你所有的避而不谈。

不爱你的人，任你死活任你豁出去强撑所有的困难。

所以，没必要活给本来就对你无足轻重的白痴看。想哭哭，想笑笑，别再让自己的皮囊活成灵魂的负担。

人山人海时的礼仪，不等于一个人的教养

一个有教养的人，懂得每一段生命征程值得尊重。

1.

一个读者跟我讲了这样一件让她既困惑又有些不齿的事。

公司一个分管领导，专门负责员工的礼仪培训，什么场合什么坐姿，饭桌上茶壶的正确朝向，各种尴尬情况怎样礼貌应对，当众施教头头是道，公司的大客户接待也都是他一手张罗，处理得十分得体。可是一回到现实中，电影院里制造的个人垃圾从来不见他随手带走，吃饭上菜一慢，就朝服务员一通数落，要是谁敢还口，必然马上嚷嚷着"把你们经理给我叫来"。

为什么有些人的为人处世会看上去这么分裂？

之前在机场排队安检，亲眼看到过这样一幕。

当时一个老人背着一个大包袱急吼吼地往前挤，藏蓝外套下一双长满老茧的手很不自然地一会儿扯一下衣角，一会儿往肩膀上拉一下包袱，不时地往前张望，一不小心，背上的包袱蹭到了身后一个衣着讲究的年轻人。

年轻人当即扭过身子，上下打量了一眼这个老人，一看就是

第一次坐飞机，不屑地白了他一眼，掸了掸衬衫说："这位大爷，你有什么好挤的，你以为是坐火车站票抢座吗？上了飞机人人都有座，你这到处乱蹿也太没素质了。"

老人脸一红，显然是听明白了，但是又不会说普通话，只好用家乡话急急解释并道歉。年轻人显然听不懂，但是一听这满口的方言就"扑哧"一声笑了出来，周围不少不明就里的人也跟着笑了起来。老人尴尬地从队伍里默默退出来，看样子是要排到队尾去躲开别人的嘲笑。

这时年轻人手机响了，电话这边，他操着一百八十度大转弯的阴柔语气一口一个赵总长赵总短的，各种礼貌谦辞、各种"好好好"与"您客气了"……

不远处，老人经过一个中年妇女身边的时候，被她拽住，中年妇女用家乡话小声跟老人说了几句，隔得太远我没太听清，但听到了简单的大意：等安检完，进去之后您就会跟您孙子在同一个候机口碰面，各人看好各人的东西，丢不了，所以别紧张，也不用挤，要不你站我前边，还能聊聊天。

朴实的大姐只用了一个小动作和几句家乡话，就让在场所有人明白了什么才是一个人真正的素养。

每个人都有自己待人处事的一套标准，无可厚非，但无论你有多看不惯别人，也没必要用自己的优越感当众践踏别人的尊严。

真正的教养，不会执行两套标准，更不会因为分别心就去人前一面人后一面。

2.

刚上大一那会儿，暑假的空当儿，我从潍坊坐上到临朐县城的小客车，去给一个高中同学过生日。

生日礼物是一个一人高的毛绒娃娃，在三十多摄氏度的狭小空间里，我很快就意识到了自己愚蠢至极的选择。

本来暑假期间坐车的人就特多，再加上天气死热，而我还怀抱一个巨大无比的毛绒玩具，占地儿不说，谁沾上都热啊，挨着我的乘客别提有多嫌弃了，尴尬得我一个劲儿地往边上靠，整个身子都试图挡住毛绒玩具和其他乘客的接触机会。

但空间就是这么大，你躲开东边，西边就遭殃；你保护了前方，后方就惆怅。

一个打扮时尚得体的女孩，扭过身子来对我发飙了："你抱着这个玩意离我远点儿好吧？快让你热死了！"

我连连道歉，脸红得像是生了麻疹一样，巴不得当众跳车遁逃。这时一个满脸皱纹皮肤黝黑的老爷爷突然从座位上站了起来，拽了拽我的胳膊，让我坐到他的座位上去。

我当时一下愣住了。一个60多岁的老人要给我让座，只是为了帮一个萍水相逢的姑娘解围。

我当然没有坐，连连谢过，眼泪夺眶而出。

那一刻让我终生铭记,就像是电影《阿甘正传》里阿甘第一次坐校车被众小朋友无故排挤,然后听到了"一生中最美丽的声音"一般。

我见过很多人,他们穿着体面、人前彬彬有礼,但那些外在礼仪从未让我感受过涵养的温暖。

而恰恰是一些朴实的细节,那些发自内心的温柔与体谅,让我彻底明白了什么才是真正的教养。

3.

聚餐的时候,我们经常会见到周游世界的资深玩家张口闭口谈建筑设计与乡土民俗,全然无视大家的冷场。

也会见到家境优越的暴发户一见面就要对在座朋友的衣着打扮妄加评判,搞得对方尴尬无言。

有教养的人,总是懂得分寸与克制,而不是抓住一切机会盲目展现自己的资源与优越感。

电影《了不起的盖茨比》里有一句这样的台词:

"每当你觉得想要批评什么人的时候,你切要记着,这个世界上的人并非都具备你禀有的条件。"

教养从来不需要标榜,你至少能做到,不刁难平淡,别撕破委婉。

正如罗素所说,"参差多态乃幸福本源"。

我们无法去评价他人的所作所为，也剖析不了别人的精神世界，但一个有教养的人，至少懂得每一段生命征程都值得尊重。

4.

之前在杭州开年会，结束后我们每个人的怀里都满满当当。路过南宋御街的时候，一个看上去只有七八岁的小朋友站在路边发传单，很多行色匆匆的路人默然而过，要么无视，要么摆手。

小朋友把传单往一个同事面前一伸的时候，他停了一下，笑着说，你帮叔叔塞到手里，叔叔怀里东西太多手没法伸出去拿。

过去三个路口，他停下来把传单放进了垃圾箱。

生活中有很多温情的小细节，足够击垮人前显摆的礼仪道德。

同事后来说，小朋友一看就是出来做社会实践的，理当支持一下，接个传单也不沉，但是这个东西他确实又不感兴趣，所以要等走远点再扔掉。

我见过一些有趣而温暖的城市英雄，他们无论干了什么，既不吭声，也不邀功，事了拂衣去，深藏身与名。

坐电梯的时候，总有一个人用手挡着电梯门；闲聊的时候，总有人一看到话题僵硬再聊下去明显硬撑时主动说有事在身提前告辞；听到别人在吹牛的时候，总是有人微微一笑看破不说破；看到大家跟风骂名人的时候，总有人拒绝跟风无脑黑。

静谧时光，行人纷纷，无论是慢条斯理的拾荒老人，还是满头发胶的人生赢家，教养从不分贵贱。

有教养的人，不会恶意揣度别人的善意，不谄媚，不诋毁，不喧哗。他们不但不愿意给别人添麻烦，还总是偷偷用一些低调无言的小举动去化解别人的不安。

总之，所有为人称道的好教养，一定会让人觉得温暖。

站稳了！上天又来考验你了

人生比的不是嘴炮，而是谁能活得更好。

1.

一个很逗的老同学，是个大夫，连发三个大哭表情说，轨啊，像医生这个职业，都快被黑死了，有时候真想脱下白大褂直接干架啊，今天你也不用帮我分析问题了，直接告诉我如何得体地干架吧。

我一听，这忙可不能帮，这不明摆着是在给本来就有点复杂的医患关系火上浇油啊，婉拒。

老同学含泪痛斥了我的无情，一个大老爷们哼哼唧唧地哭诉了整个事情的经过。

今天他正在给人看病，一个中年女人突然破门而入，挥舞着手中的病历本朝着他破口大骂："你们这些大夫就是一帮废物，我请个假容易吗？都排一上午了还没轮到我，下午我还得请假、还得来！就你们这个效率，人都死八回了还没挂上号呢，拿这么高的收入就知道祸害人命！"

同学一看这么多人呢，就忍住心中怒气，没还口没吱声，继续给病人看病。这下好了，中年女人一看咆哮半天什么回应没有，更是怒火中烧，骂得围观群众纷纷来看热闹。

趁着中午吃饭时间，同学跑回医院附近的寝室一个人坐了会儿。

这些年他也见过很多例子。看病慢了——你会不会看病啊？就知道让我检查项目！看病快了——你知道我什么病吗？就着急忙慌地开药，真是见钱眼开！

有同事受不了患者莫名其妙的情绪发泄，昂然反驳，下场老惨了，"这就是治病救人的白衣天使的素质吗？！"标签一贴，吐你一脸唾沫，结果被人指指点点，还遭处分。

所以，他时刻告诫自己，一旦遇到这种情况，一定要忍。

每当别人无故骂他的时候，他就蒙了。等他理清思路下定决心强硬反扑的时候，对方早已人去楼空，他只好孑然一身地回到床上绝望。时间久了，整个人都快抑郁了。

不少人情绪管理系统频频报警的主要原因，经常是因为不知道如何恰当地处理别人的误会或恶意攻击。

对待那些不负责任的恶意中伤，我们一定不要一直保持忍让、沉默，要学会用恰当的语言、恰当的方式予以批驳和"反击"。

2.

一个读者跟我讲过她的小区里的一个老人。他在家受尽儿女的虐待，但一上公交车就肆无忌惮地撒泼，偶尔碰瓷赚点零花。尽管如此，小区里的人都对他挺照顾。

平常老人也捡捡空塑料瓶子补贴家用。有一天这个读者大老远地看着他过来，就赶紧把手中的矿泉水往肚子里猛灌，情急之下实在喝不下了，就把剩下的三分之一倒掉，赶紧把瓶子递到老人手中。

老人接过瓶子白了她一眼，没好气地说，小姑娘家家的真不知道过日子，你这么浪费，还不如把买矿泉水的钱直接给我。

这读者当即气得直哭。

负能量如果不能及时化解，很容易就会发酵成一种拔刀相向的恶毒。

有时候，我们会突然觉得有些人的行为很疯狂，他们为什么会莫名其妙地对我们发火？他们为什么会这么狗咬吕洞宾？

这个时候，我们一肚子委屈要如何发泄？

过激的反扑会让人觉得你俩狗咬狗一嘴毛，一味地忍让又会让欺负你的人更加看轻你。

如果只是简单地强硬争吵，很多人都有分分钟骂赢对方的能力，但这种胜利，常常伴随着你要生上大半个月的闷气，太伤身。

3.

《最强大脑》的节目主持人蒋昌建大家都还记得吧？

他曾经一度得了十分严重的焦虑症，长期服药，甚至连家门都出不了。

后来，在央视《开讲啦》节目中，有观众提问："你为什么这么多年还是一个副教授？"他回答："因为无能。"

真是个极好的讽刺和漂亮的回应。

你最近伙食好，圆了些，马上有人跑出来问你，你咋长这么胖了啊？还不减肥谁还要你啊？你发愤图强，养颜健身，美了些，马上有人就会跑出来说，你去韩国做微整形了吧？花了不少钱吧？你女朋友长好看点跟你并肩前行，路过的人跟身边的人嬉笑耳语，我说好白菜都让猪拱了，这下你信了吧？

不管你身居何处，有的人总会不遗余力地对你说三道四，不怀好意地对你进行心理折磨，巴望着你能动摇自己、否定自己，过上像他一样惨兮兮而见不得别人好的生活。

我们永远猜不到这类人的极限在哪儿，"两岸猿声啼不住，轻舟已过万重山"。

一个人要想过上好日子，或许一边要伴着亲友的祝福，一边要踏着个别人的狠毒。

玩过单机游戏的人一定知道一个道理，那就是，只要前方有敌人，就证明你自个儿没走错路。

4.

大四那年，被人偷了电脑，当时我气得号啕大哭。

一个同学语重心长地安慰我说，算了，东西丢了就丢了吧，我都没有呢，以后再买一台，小偷也有小偷的难处，谁要是家庭条件好，也不能干这一行吧。

我赶紧解释说，我最心疼的不是电脑本身，而是电脑里存了我八年多的读书笔记，还有一部写了 11 万字的小说，这些对小偷来说什么用没有，对我自己来说，却是失去就不会再拥有的至宝。

她马上接话，没有了你可以再写啊，这有什么。

我愕然，没再说话。

临毕业之前，她的闺密跟她撕破脸了，遂公开爆料，她家庭条件那是相当的不错，但为了能跟家庭条件差一些的同学争夺助学金，愣是装了四年穷。

自此，她声名狼藉，销声匿迹。

我不禁唏嘘，世界简直欠她一个奥斯卡奖啊。

成长的过程中，我们会遇到形形色色的人。

有些不了解真相就着急忙提意见，有些看似人见人爱的小可爱，张口就是这个贱人那个贱人，如果我们豁上心情，也不难让这些人偃旗息鼓地败北。

我也曾试着去帮助遇见过的每一次苦难，也气哼哼地收拾过不少匪夷所思的理所当然，但也越来越明白什么叫"圣人不死，大盗不止"。

那些年少争吵的岁月，在报了一箭之仇的同时，也生出一些不良情绪，让我们迟迟不能进入欢喜人生的进取状态。

如甘地所说，愤怒就像硫酸一样，它对容器的伤害远远大于对攻击目标的损害。

以后遇到侵犯你底线的人，你可以优雅指责，也可以出手格斗，毕竟人这暴脾气上来以后，哪是旁观者能感同身受的。

格斗之后，要赶紧处理好不良情绪。毕竟，人生不是一场辩论赛，大家要比的不是谁的嘴炮打得更响，而是谁能活得更好。

第三章

因为得不到，假装不想要

别动不动就说配不上我

我们留不住一个想走的人。

1.

昨天晚上 8 点，在上海跟一个三年没见的大学同学贝贝在世纪公园见了一面。她从看见我第一秒开始就狂哭，我往她嘴里塞了三个大虾馅的小杨生煎都不管用。

本来采访了一天我就累得心情狂躁，只好索性不去管她，自个闷头胡吃海喝了一会儿。贝贝恼了，说我们的友谊随时就要走到尽头，我只好抹了抹嘴决定允许她言简意赅诉一下衷肠。

"上周吧，我相亲认识一个男的……"

"帅不帅？"我一看这古老的开篇方式，便忍不住赶紧直切重点。

"小轨，你咋这么肤浅……"

"少废话，你就告诉我帅不帅吧，你觉得配你咋样？"

"帅，绰绰有余。"

"那你接着讲。"

"今天晚上说好跟他见面，我下班后在洗手间自己偷着捯饬了半天，然后兴高采烈地站在地铁口等了他半小时，他却给我发微信来说要跟我分手。"

"原因呢？"

"他说他配不上我。"

我这一口老血，差点没当场喷她一脸。

2.

谈个恋爱，为什么张口闭口就要配来配去的？

之前在互动话题中跟很多读者讨论过奇葩的分手理由，千奇百怪的程度也是让我深感无语：

"你屁股那么小，我妈担心你生不出儿子来……"

"你用我发你的表情包撩了别人，你这么轻浮婚后一定会出轨的……"

"我累了，我想找个能过一辈子的人结婚了……"

"我配不上你，我们不合适……"

最后一条简直是万能，你有没有收到过？

这句话不但能让你瞬间神清气爽，还让你跟个白痴似的望着他远去，心中默默写下一个大写的"服"。

3.

无论你有多么骄横跋扈、傲视群雄，这一辈总会遇上一个压根瞧不上你或者对你爱着爱着就不爱了的男人，突然要对你宣布一个分手的事实。

这个时候你非要跟他掰扯个让你能接受的理由又有什么意思呢？

你要的分手理由，全是他为了跑路设定的套路。

旧时光给了你太多有关对方的记忆和习惯，你经不起改变，所以伤感就只能年复一年。

这辈子有多少人，多少事，都只能"想得不可得，你奈人生何"。

有些人没有准确的爱情观，所以他一辈子也不知道自己想要找到一个什么样的人跟自己共度一生，就只能通过一段时间的相处去测试你、判断你。熬过试用期，一拍即合；熬不过去，一拍两散。

4.

去年我还在山东的时候，我部门有一个叫凯西的女设计师一下子旷了一周的班。

打她电话也不接，我只好在入职表上找到她家的地址，去她家找了她一趟。

当时一看见她，我就被吓了一跳。平日她可是穿戴得跟个仙女似的，这会儿披头散发地抱着把吉他在自己家的窗户边东张西望，头发乱得跟被抢了似的。

凯西说，她从深圳回来之后，在尤克里里爱好群里碰上一个叫阿耶的男的，当时觉得特别来电。阿耶也算是主动，每天都约她一起弹琴唱歌吃饭，俩人半夜还吃着冰激凌飙车撒欢儿。

凯西每天都活在兴奋中，像个第一次谈恋爱的纯真少女一样。她见他迟迟不挑明，便主动把他约出来表明了心迹。不料阿耶当场吓得闻风丧胆，回去之后阿耶再也没联系她，她以前天天晚上可以收到阿耶发来的"晚安"。凯西一下子就哭了。

"他如果不喜欢我，为什么要一直约我出去啊？"

"那你没问问他？"

"问了，他说我对他太好了，他怕还不起，他配不上我。"

5.

有些人出现在你生命里，使命只是看看，有时候看起劲儿了也上手，但是压根没打算跟你继续，你怎么可能拉得动这样的人跟你生活。我们活在因果关系的风尘中，很多人一生就是为了活个明白，但是一个有爱情纪律的人，他能给你理由，一个靠试一试才知道自己爱不爱的人，他没法从逻辑上给你一个让你豁然开朗的理由。而且，你对一个用万能公式打发你的男人要什么理由？有意思吗？有这个工夫，你还不如祈祷自己找个好点的男朋友。

我们这一生，注定不能八面玲珑被所有人喜欢，有人说你性感，就有人骂你；有人赞你红颜，也会有人骂你祸水。即便你被全世界的大多数人喜欢，也一定有人跟你死活不来电。

　　谁都知道"我配不上你"其实是一句善意的谎言，爱与不爱从来都不跟我们讲道理，但是女人的尊严有时候有一种奇怪的魔力，当初总忍不住死缠烂打，若干年后总不知道自己为啥瞎了眼去犯那份儿贱。

　　我们留不住一个想走的人。为了在分手戏中不至于因为猝不及防让自己太难看，我们手上也得备点戏码。一手马不停蹄去做更好的自己，嫁个比他强一万倍的男人让他一想起你来就悔得吐胆汁；另一手我们不妨"祝福"他一直单身，相信我，这比假定他死掉了，更能让你身心释然。

不是不想恋爱，是不想随便恋爱

你的宁缺毋滥，光芒万丈。

1.

为什么你迟迟不去恋爱？

今天把这个问题抛给了一个全是单身姑娘的小群。

然后收到了一些听上去让人感到好心疼的回复。

"心里住着喜欢的人啊。"

"一个人过上瘾了，两个人在一起的时候总要不停地去揣测、忍让、迎合，受够了那种累。"

"长得好看又觉得人家配不上我，长得丑又觉得自己配不上别人。"

"因为不想在遇见对的人的时候，已经把最好的自己耗完。"

村上春树说："哪有人喜欢孤独，只是不想失望罢了。"

2.

每个单身的人，只要肯，几乎都拥有可以结束单身状态的机会与能力。但是为什么会有那么多姑娘年过三四十岁，依然还能温文尔雅、不紧不慢地在茫茫人海中孑然一身地行走？

或许因为她们见识过慌乱开始、着急妥协的爱情，后来落得何等欲哭无泪的田地。

与其应付凑合寡淡一生至死方休，再或是半路不合分道扬镳闹个两败俱伤，不如花时间搞清楚自己真正想要的，独自则杨柳依依，君来则风情万种。

一个笃定等待、自然绽放的姑娘，都明白这样的道理：**一个真正值得的人不会那么轻易出现。**

3.

大学时候的班花，蕾蕾，32 周岁，至今未嫁，前几天咬了牙在烟台给自己买了一套房子。她说，她做好了一个人过一生的准备。

说起来，我们班里至今未嫁或至今未娶的人其实也为数不少，越来越多的人明白了人活一世到底什么对自己来说才最重要，所以也不再愿因为别人说你该结婚了而结婚。但是几乎所有的人对蕾蕾单身这么多年都表示不解，因为蕾蕾性格温和、仗义执言，且颜值颇高。

那天在留言互动区给单身读者们创造机会找个伴儿的时候，突然想起她来，便问她想要找个什么样的。

她说，想找一个心里真正能装着她并且活得蒸蒸日上的人。

我佩服蕾蕾一句话就能说明白自己想要的，哪怕听上去都不太像个条件，但是她心里对这个标准门清儿，所以不会为家财万贯的纨绔子弟动摇，也不会因为百历沧桑心无所依的人而驻足。

人可以要的抽象，但不能什么都要，你想要的越多，你的人格就越不完整，那么也不容易在双方关系中长久一生。

4.

很多人在迟迟等不到但是又卡在有些尴尬的年龄时，就会半推半就地尝试相亲，这时媒人会问一个问题：你想找个什么样的？

你还记得自己是怎么回答的吗？

姑娘们是不是都跑不开身高多少以上、不胖不瘦、有车有房？男人们是不是身高多少以上、不胖不瘦、贤惠漂亮？

你们来人世间是来捡漏的吗？哪来那么多不胖不瘦？哪来那么多有车有房？又哪来那么多贤惠漂亮？

5.

很多人活一辈子都搞不清如何去爱一个人，或者自己应该找一个怎样的人。

弗洛姆在《爱的艺术》里说："如果不努力发展自己的全部人格，那么每种爱的努力都会失败；如果没有爱他人的能力，如果不能真正谦恭地、勇敢地、真诚地和有纪律地爱他人，那么人们，在自己的爱情生活中永远得不到满足。"

没有人愿意一个人过一生，只是不想随便跟哪个人凑合过一生。一个人要是不挑食随便谁都行，那恰恰说明他人格缺陷很严重。一个不知道自己想要什么的人，也无法给别人想要的东西。

如果你没有严明爱的纪律，那么将来日子过砸了你谁也怨不着。

相比于那些随便恋爱看似有人爱的人，姑娘，你的宁缺毋滥，光芒万丈。

因为得不到，假装不想要

1.

今天看到梦梦的签名像疯了一样换来换去，朋友圈基本都被她的坏心情刷了屏。

后来她哭着给我打来电话，说她完全管不住自己。她拼命闹出点动静来，只是为了能引起他的注意，可是他什么反应都没有。

他是梦梦半年前分手的男朋友翔子，他爱上了别人。

没什么特殊的理由，翔子给出的理由就是不爱了。

梦梦没哭没闹，只是不太明白毕竟在一起八年了，你凭什么说不爱了就可以单方面退出。于是她说给他时间考虑，一个月内想回来随时可以回来。她用最后的优雅保住了自己最后的尊严，但是两个人还是以分手告终。

当翔子回来正式搬走自己东西的那天，梦梦才意识到这一切不是个玩笑。她马上泪流不止，她想求他，让翔子再考虑考虑，但没等她张口，翔子竟然求她放过他，是很认真地求。

接下来半年的时间里，冷静的梦梦没有再谈任何男朋友，每天正常得像是什么事都没发生过一样。我们虽然为这段感情惋惜，但是庆幸这一切好歹过去了。

直到梦梦打来电话，说经常看到一些东西，听到一些事儿，明明不相干，还是会拐着弯儿想到他，然后大哭。

我才知道，这一切，从来都没有过去过。

2.

人世间，有多少人，多少事，想得不可得，你奈人生何。

有多少感情，你深陷其中，你以为你们会长情相伴终此一生。对方却突然要月下纵马长歌，执意翩翩远去，不留任何余地地要留你一个人在原地。

你措手不及，不知道自己该拼尽全力挽留，还是泪眼婆娑任他远去。

很多人笑着对爱告别，却独自在长夜痛哭，分手时没有死缠烂打，不是因为不够爱，而是爱既然已成往事，而我又如何对抗你头也不回地放弃。

电影《横滨玛莉》里，玛莉与一位美国军官相爱。朝鲜战争爆发后，军官奔赴战场，战争结束后就直接回到了美国，被抛弃的玛莉一直留在横滨。她并不是无处可去，却一直在横滨做着风月生意，一生遭人唾弃。

为了这个等不到的人，她苦苦留在横滨假装云淡风轻地度过一生。她说，这里的海港，是全日本最有可能与他相遇的地方。

自此，满城花祭泪，抚琴笑苍生。

很多人，其实已经见了人生中最后一面，但是我们却在一意孤行中度过余生。

3.

电影《少年派的奇幻漂流》里说："后来我渐渐明白，人生就是不断放下的过程。遗憾的是，很多时候我们都没有好好道别。"

我们一生都在忙着相识，忙着分别。有人赐我们半生迷离，有人给我们一世情伤。每个与我们相识的人，明明参与了我们的人生，却又好像都背负着一种与我们无关的使命。

他们说要离去就离去、说要远行就远行，无论我们强硬面对忍痛放行还是奋力纠缠无止无休，到头来却只能一别两宽、各安天命。

没有人喜欢形单影只四处流亡，只是还没找到让我们愿意驻足的地方。

没有人在放弃一个特别喜欢的人时，真的会像看上去那样毫发无伤、趾高气扬。

只是因为得不到，所以假装不想要。

我要不要接受一个极度宠我的男人?

只要你选择了爱，就别想将来有一天还能捞回来。

1.

两年前，朋友琳琳28岁，未婚恨嫁，面临着一个两难的选择：一个是通过相亲认识的男人坤，四平八稳，门当户对，谈不上炙热，说不上多爱，试着交往了小半年，肃若寒星，笑如弯月，可以结婚；一个是对自己穷追不舍了四年多的男人伟，家境一般，但对她千依百顺，相亲都陪着她去，一辆大货车从身边驶过都要掀起外套来给琳琳遮灰尘，恨不得摘星射月以示肝胆衷肠，每次他在楼下等她，琳琳都觉得是一个狗奴才在等大小姐。

有意思的是，琳琳给自己定好了婚期，却没定好新郎，甚至用了SWOT分析试图让自己趋利避害做出正确的选择，但还是纠结告败转而跑到群里求助我们。

有人提议，要不投票吧。

琳琳说，这个建议好，群众的眼睛是雪亮的，总不会大家都错吧。

总票数10票，伟8票，坤0票，琳琳和我弃权。

琳琳问："你们都觉得找一个对我好的才最重要吧？"

姑娘们都说，伟对琳琳多好啊，让他为琳琳去死他肯定都不带眨一下眼的，这是何等的情种，早该给人家转正了，这样知冷知热疼女人的好男人已经不多了。

琳琳问我："那你为什么弃权啊？你觉得伟怎么样？"

我说："如果他真心实意宠你一生倒也无妨，只是你要能接受他，何至于等到今天？"

2.

出乎所有人的意料，琳琳改了婚期，没有做二选一的傻事。因为她自己心里清楚得很，两个人都不爱，又何苦用自己的委曲求全肆意伤害。几个月前看到她在朋友圈秀出了现男友，并告诉我们准备明年完婚。

底下留言万千，皆是滔滔祝福。

琳琳私聊跟我说："小轨，要谢谢你，当年一语惊醒梦中人，幸亏我没跟伟结婚。"

我大吃一惊，问："怎么了？"

琳琳说："自从我公开了恋情，伟就骂疯了，说得很难听，说我就是个虚荣的女人，这些年他为我花了那么钱，我竟然跟别人好上了，就没见过这么不要脸的……倒是坤，分手时彬彬有礼，笑言以后还要来喝喜酒。"

我说："伟虽然说话难听，但是你在这件事儿上处理得也确实不妥当，不想跟人家好干吗拿人东西，不喜欢就早点拒绝啊。"

琳琳有些惊讶，说："伟其实根本没送过我什么贵重的，生日礼物是一个木头摆件，情人节送了我一束花儿，都是200块以内的东西，这不都是男孩子追人正常的'道具'吗？正因为不贵重所以我才收了啊，总不能因为这三头五百的东西就把我自己强行卖了啊，有男孩子为了追求我送过我很多贵重的东西，没有结果也没放在心上，但是没想到伟会陷入这么偏激的付出感里去啊。"

抛开琳琳是否真的虚荣暂且不说。

之前跟一个男人聊过一个话题。我问他，男人一般都会怎么去看一个女人喜欢物质。他说，女人现实、喜欢物质没什么不对，男人觉得不对，一定是因为付不起，或者觉得这个女人不值这个价。

我听完一下就震住了。

3.

很多人都有一种王子不够、奴才不甘的病态心理。会自以为聪明地把获取伴侣这件事儿当成一个可以量化与物化的过程，不断地去展开尝试性追求，有枣没枣打一竿，把追求成本降到最低。我把这部分人称作是感情投机分子。

这个称呼，不针对捞女，也不针对渣男，我们要说的，只是在感情中抱有锱铢必较投机心理的一类人。

如果你遇到一个男人，虽然对你穷追不舍但一动钱就犯尴尬病，或者相亲遇到一个看上去还不错的人，对你不远不近隔三岔五也约出来吃个饭，但就是不推进不做结论，那么恭喜你，很有可能中了感情投机分子的"大奖"了。

但是万物生态从来不对投机主义者客气，一旦你在感情里斤斤计较，付出一厘就马上求报一斤的时候，就会把自己变成一个易怒症患者。一旦失手，就容易从一个点头哈腰的奴才相变成一条恨不得能咬死人的疯狗。

4.

人一旦为了追求一个人而割裂底线，一退再退，忍不住要把自己变成一个见到她就摇尾巴的奴才时，那么他就陷入了自我的非常态。

即便一朝得势，抱得美人归，你俩一旦回到平等交往或者实打实过日子的阶段，你就会在天长地久的相处中暴露出很多的问题，这就是为什么女人觉得男人会爱着爱着不爱了。

婚姻是两个人要过一辈子的事儿，你一旦把这件事儿当成目标去攻克，不惜扭曲常态，卑躬屈膝，那么你就陷入了自己设下的圈套，没有谁甘愿为别人做一辈子的奴才。

谁不希望得到另一半的尊重，谁不希望相敬如宾，但是你明明内心不想对她摇尾巴，却为了得到她而装模作样地对她汪汪叫，以后你一旦现原形，少不了又是战火连绵。你后悔当初的付出不值，她则觉得你就是变了、变了、变了啊。

这又是何苦来着。

5.

你想要个孩子都要先怀胎十月温柔以待，况且这期间还有诸多的风险，你又凭什么奢望你给一个姑娘买了花、送了礼物、苦等了她三年，她就应该知恩图报对你投怀送抱啊？

不管我们听过多少道理，说感情中没有谁对谁错，但是一旦一拍两散，总有各自心中的对错高低，这就是把感情量化的典型表现。

男人会把姑娘的相貌、身材、资质、家境方方面面进行综合评估，然后会在追求过程中做出巧妙的权衡，为了得到这个姑娘，算一算值得自己付出多少金钱与时间，然后投入战斗，得到则大功告成，得不到则觉得自己吃了大亏。

女人在跟男人的交往过程中，则觉得给对方生了孩子，付出了大好青春，付出了日复一日的辛劳，能过一生相安无事也就认命，半路闹掰就委屈得要什么青春损失费，说什么半辈子都让你糟蹋了。

我们这一生，有很多东西可以算得清、讲得明，唯独感情，只要你选择了爱，就要全心全意去维护，爱情像培育鲜花一样，需要阳光雨露，也需要精心栽培，才能枝繁叶茂，白发到老。

你的付出只是为了满足你的欲求，你又有什么资格把自己欲求不得的恼怒转嫁给别人呢？

这个世界物质的一面强迫我们学会了权衡与精明，并推着我们走向冰凉与残酷的无爱之地，而恰恰是一个值得爱的人，得以让我们在这个薄情的世界中深情地活着。

若你起初就居心叵测，又何以收获白首到老一生丰盈？

你就说，你想找个什么样的吧！

为爱的对象设定标准和要求无可厚非，至少先要自己具备爱的能力。

1.

前天，我说我要跟单身读者们玩一个速配游戏，乱点鸳鸯谱。互动期间，我发现了一件有趣的事情：

每个单身者对于爱情机会到来时的反应直接映射着各自新阶段的情感状态。

Q1："哎，那谁？我给你介绍个男朋友吧？"

A1："男朋友？哦，让我想想这是个什么生物。哦，想起来了，上一次恋爱是在五年前，但是我想，我已经得到了教训并得出了结论，男人没一个好东西，我应该是还没准备好进入一段新的恋情，所以还是不要了吧。再给我一点点时间，再过个十年八年再说，毕竟我们班还有四五个也都没嫁出去，不急，不急。"

A2："啊！太好了，这已经是我第 101 次相亲了，我先报三围 84、62、86，他老家哪儿的？我受不了异地恋的。有房有车没？老娘都一把年纪了，没时间陪他慢慢来的。"

A3："哦，不用了，姐已经决定独身主义了。"

从后台收到的单身者照片得出的数据结果来看，没有多少人是因为丑爆了才被剩下来的。

所以，我好庆幸你们如此美貌又如此高傲。

然而，你们这么优秀，又为什么会被剩了这么久？

是择偶标准太高？还是心里的恋人还没腾出空来？还是你真的是发自肺腑地觉得一个人过也没有什么不好？

可以让"剩男""剩女"存在的原因很复杂，但也不难发现共性，这其中最大的问题，不是比例失衡，而是结构不匹配。

一句话总结为：我要的，你没有；你要的，我给不了。

但是，你确定你已经拥有了准确的自我认知吗？换句话说，你当真觉得你已经非常了解自己想要找一个什么样的人了？

2.

每个正在寻找爱情的人，都会被问一个问题，那就是，你想找个什么样的？

现实点儿的，一般马上就能给你标准答案。男的会说，肤白腿长，温柔贤惠，最重要的就是颜值高；女的会说，180厘米以上，有车有房，收入稳定，不用太帅，顺眼就行。

文艺点儿的会仰着脖子想半天，然后告诉你，嗯，找个什么样的呢？家世什么的对我来说，都不重要，希望他能如我一般，都能有一个诗意的人生，便是极好的了。

不管是现实派还是抽象派，几乎人人都能给出自己的择偶标准，但是为什么看上去这么一清二白的事儿，却踏遍江湖也难求一个我想要的人？

这些标准按照目前社会的常态需求来看，确实没什么毛病，但是正确的自我认知是把自己看作是一个独立平等的个体，能够通过独立的思考去突破社会舆论给你的评判标准，用多元而开放的视角去发现、重塑那个要与自己共度一生的人，而不是捡现成的。

所以，很残酷吧？

弗洛姆在《爱的艺术》中，批判过一种观点，就是很多人会把"爱"的问题错误地理解成"爱的对象"的问题。

"我们通过参照别人来确定自己……男人把自己塑造得更加帅气、拥有更多权势和财富，女人按照社会价值观的审美把自己塑造得和模特一样纤细、性感、妩媚。人们一方面渴望爱情，另一方面却把其他的东西，如成就、地位、名利和权利看得重于爱情。我们几乎把所有的精力都用于努力达到上述目的，却很少用来学会爱情这门艺术。"

因为我们的大好年华有限，所以，要想在青春年少时实现高效脱单，我们就面临着用有限的时间与有限的机会去了解一个无限可能的人的挑战，那么我们要如何让自己少交往几个错误的人呢？

真正好的爱情和婚姻根本不是满大街都有，所以有人问你，相信爱情吗？先别着急回答，你要先搞清楚，你忠于自己的内心所想吗？你确定你要找的那个人不是你妈希望你找的那个人？你确定你必须依赖一个男人的物质才能拥有一个幸福美满的家庭？你确定你喜欢的就是一个胸大腿长但是遇到婚姻危机时只能跟你冷处理的女人？你确定一个相貌平平但勤勉自持的姑娘就是不能与你共同生活？

爱情本身是纯粹的，但是你在彻底拥有它之前，你不得不陪着爱情在技术、艺术、需要和交换之间行走上一段不长不短的路。

既然如此，我们就是要爱得有纪律、有标准。但是，在为爱的对象设定标准与要求之前，要先让自己具备爱的能力。

3.

上一期，小轨给单身读者留了五个问题。有读者偷偷问我，小轨，你这么坏，是不是在问题里埋雷了？

并没有，这五个问题曾是我判断一个人的初级标准。

问题一，两个人如果喜欢看的书和喜欢的作者是重合的，基本上你们在灵魂品味上是大致重合的，将来你们会同心协力把钱花在都认为值得的地方，而不至于一个一提起找乐子来就是KTV，另一个则转身去了大剧院。

问题二，认为帅或美的明星，基本就能看出你们两个的普世审美观是否在同一条线上，将来不至于因为选个碗的花色都要争执上半天。

问题三，你跟前任的目前关系，能够看出你的处事态度与底线原则，了解到这一点，不至于你们将来一吵架你一个"至于吗"就让你的姑娘突然觉得当初怎么就瞎了眼了。

问题四，一个没有一技之长的人不值一交。你都没有一件真心喜欢并做好的事儿，那天道酬勤与持久必得在你这更是什么用都没有，还怎么让自己有朝一日问起对方你喜欢我什么的时候让她有的说啊。

问题五，信不信爱情，是原则性问题，不要指望你能像一个救世主一样彻底改造一个人，能长久的爱情，多数都是我就是喜欢你本来的样子。

每个人都有自己获取爱情的套路，但是你只有把需求变成要求，顶住俗世绑架在你身上的传统标准，重塑自己的择偶观与婚恋观，才能打开纯粹的爱情之门。

想要幸福，就必须更加深入地了解自己，找到对另一半的核心要求，你才能从根本上有更大的胜算，让自己在漫漫余生中幸福地合不拢嘴。

在每个人找到真实的自己之前，任何一种"谈谈试试"都面临着高失败风险。

有虚荣心的女人，天生就有绝不迁就的挑剔病

男人别老一门心思捡现成的，那跟你们厌恶的虚荣拜金女也没啥两样。

1.

今天早上趁吃早饭的工夫，又追了一下本打算弃剧的《欢乐颂》。

此前，我一直是一个整天以唾弃为名一年看不了3部电视剧的清高之人。看到28集樊胜美被家人逼得坐在大马路牙子上，茫然四顾，在冷漠的滚滚红尘中潸然泪下，我一下没绷住，放下筷子，长叹一句，敢问苍天饶过谁。

不知道你们怎么看啊，我反正在看到樊胜美每次在缺钱的时候，第一个解决方案就是绝对放弃求助熟人与朋友，马上投入不对等的富人社交中去，但凡是她觉得有捞金希望的场合与男人，她都会揣着小心去试一下。

人在持续不得的时候，常常不知道哪些是机会，哪些不是，所以不得不提着小心以身犯险。

刚好有个读者中午的时候在后台给我留言，她说女人其实都虚荣，她只身一人在上海玩命拼了八年，她特别了解一个年过30

的大龄女孩对于樊胜美那句"绝对不可以在没出息的男人身上冒险"的心酸。

2.

其实我们身边最喜闻乐见的事情，就是正常。

正常嫁了，不挑三拣四，不爱慕虚荣，不嫌贫爱富，不拒绝一颗纯洁善良与对你特好的追求者。

他们最看不惯的事儿，就是出挑。

对衣服挑三拣四，对化妆品挑肥拣瘦，对没感觉的人一竿子打到千里之外，对爱憎太分明，对喜欢与不喜欢分得太清。

等你年龄略大，你的七大姑八大姨，以及正在奶孩子的曾经闺密，各路同学，就会纷纷劝你眼界别太高了，差不多找一个得了。又有多少人的内心其实是白了你一眼，然后在说，你认不清自己几斤几两啊，那些有钱有貌又对你好的人能看上你啊，你就活该虚荣，活该剩下。

3.

我刚到北京那几年，真刀真枪地品尝过生而不公带给一个光知道生猛拼搏的外地小北漂的艰涩压力。

也见识过跟樊胜美一样，宁可每天吃糠咽菜，住得很差，也绝不允许自己在穿衣打扮上丢份儿的"虚荣女"。

小野姑娘，1992 年出生的，刚毕业进入我公司的时候，她偷偷跟我说，她攒钱的第一个目标就是一个 PRADA 手包。当时她的工资是一个月 3000 块，不到我的四分之一。

　　她入职后的一个月，约我去逛街。我们两个跑到西单，她拉着我就往大悦城里跑。我说去那儿干吗，死啦贵的，咱去西单明珠商场吧。

　　小野绕着我左转三圈，右转三圈，然后捂着嘴惊讶地说："轨姐，你这都穿了些什么啊？亏你还是咱公司的高管。咋一身的地摊货，穿成这样逛街，有些服务员连衣服都懒得给你试。"

　　那天，她花掉了带在身上的 2000 块钱，买了一件羊毛斗篷，然后红光满面地告诉我，她今天特别开心。我问她："一下花掉这么多钱，你不心疼吗？接下来怎么生活啊。"她一脸诧异地说："出来逛街不就是为了买自己喜欢的东西吗？买一万件不喜欢的便宜货也顶不上买一件喜欢的东西能让我发自肺腑地开心。"

　　那天，我突然发现，有虚荣心的女人，天生就有绝不迁就的挑剔病。

　　小野回去吃了一个月的丽华快餐，10 块钱一份的最低配置，洋溢着满脸的认命与满足。单位里有个家庭条件不错的男人想追小野，于是给小野送了一个露着棉絮头的《海贼王》抱枕，让小野退回来了，后来他就到处说，小野是一个穷讲究的女人。

2014年，小野因为赚得不够花，兴高采烈地带着她的名牌包包和几箱子奢华名贵的衣服离开了北京。

临走之前，她还一个劲儿地劝我别整天不管不顾地一心只往买房子上使劲儿，女人得多花点儿心思在自己脸上和身上。

一个月之前，小野给我发过来一张照片，是一个肆无忌惮的大钻戒，问我好不好看。我笑着说："真俗"。她放声大笑，毫不避讳地说："我就是喜欢金光闪闪的东西啊，我都能听到我老公心在滴血的声音，咣咣响，哈哈哈。"

昨天，我在朋友圈看到小野老公晒出的一张两口子的 SWOT分析：

大熊君（小野老公）优点，做饭好吃，能画装修图，能自己动手修车，能三分钟就哄好哭成泪人的小野君。

小野君的优点，会吃，会穿，会打扮，懂时尚，能提升整个家族的品位。

当时很多人都担心，小野花钱如流水，太作，会让男人望而生畏。小野君却响亮地用她的人生，告诉了我们另外一个真相，即：

独立虚荣是家庭品位提升的生产力。

4.

调回山东后，单位有个同事，男的。他跟他媳妇结婚三年了，每年情人节都打电话订花。这次在办公室，听他叮嘱花店，一定要送到他媳妇的单位去。

他挂掉电话之后，我就问他："你等你媳妇下班后，直接买了花回家送她，二人浪漫多好啊，送单位去干吗？"

他乐了，说："女人都虚荣，把花送她单位去，众目睽睽之下，大家都看到她老公依然宝贝她，她肯定更开心啊。"

所以，一个男人爱你，他不但理解你的虚荣，而且还会想办法助长一下你的虚荣气焰，如果这能放大他心爱女人的幸福感，他感激还来不及呢。

每个女人都有病。

男人别老一门心思想着捡现成的，那跟你们厌弃的虚荣拜金女也没啥两样。

那些既人见人爱又上天入地的女人，都在电视剧里演着呢。

想要好女人，扛上"枪"，带上"药"，用你的雄性势力创出一个光芒万丈的女人，让她一改戾气心甘情愿为你相夫教子吃一辈子你家的米，这才是男人中的战斗机。

第四章

如果你没胆失去爱，那你就少有机会得到爱

你骗得了一时痛快，却躲不过来日方长

人活着首先要对自己忠诚。

1.

今天发现自己被一个朋友突然删了好友，这事儿蹊跷啊，起初觉得略伤自尊。

删好友这事儿呢，自有QQ以来就有，到微信泛滥时达到鼎盛。

几年前大家处事还算温婉，那个时候大家伤感一番后才含情脉脉地说一句"不爱了就取关"，现在我们就直接多了，没那么多工夫为我们的不爽做铺垫，一言不合我就删了你。

看不惯你朋友圈秀恩爱，删了你；受不了你整天晒自拍，删了你；你整天跟打了鸡血似的一会儿估值几个亿，一会儿卖面膜卖假包，那必须删了你。

但是这些我貌似都没干，关键是昨天这朋友还求着我刚给他翻译了一篇论文啊，今天抽风就删我好友，着实让我心凉啊。

果不其然，过了一会儿，这朋友就在工作群里给大家道歉了，因为家庭纠纷，导致所有长相在60分往上的异性朋友被他老婆统统删掉。

听到这个消息，我真是喜忧参半。

惊吓之余，果断将这位朋友拉黑了。

人生在世，心意是生活的最低目标。

有悖于心意的事，不值一做；有悖于心意的人，不值一交。

2.

王小波说，人活在世界上，有两大义务，一是好好做人，二是不能惯别人的臭毛病。

男人以家为中心无可厚非，关键时候选择厚此薄彼也天经地义。

但是回到朋友与朋友的层面来说，谁也没有义务成为你维护和平的牺牲品。

所以对待这样用到你时信手拈来、需要你牺牲时招呼不打一个就一脚踢开的朋友，我简直迫不及待地赶紧撇清关系。

前段时间同学聚会，大家合影完毕后四散而去，同学们乐此不疲地在同学群里分享聚会照片。不料一位叫志高的男同学在群里疯狂地骂了一通，还圈了所有人，大约就是骂所有女同学臭不要脸，说大家照相时候靠她老公那么近就是为了勾引她老公。

哎呀，就先撇开她老公秃头、矮矬胖不提吧。

后来我们才知道，志高跟我们聚会完后又一个人跑出去喝酒喝到12点多，回去告诉他老婆聚会刚结束。小两口那段时间整天吵吵，一言不合就要离婚散伙。最后志高酒后酣睡，他老婆趁机翻出手机，火烧同学群，尽显泼妇骂街的本领后满意睡去。

群里的女同学都尴尬得哑口无言，男同学偶尔有看不下去的出来解释了两句也未能幸免。后来大家觉得志高也挺可怜的，就私底下说算了算了吧，这要是骂回去，第二天他也挺没面子的。于是我们一起重新建了一个群，这个同学群，唯独缺少了志高同学。

第二天，志高酒醒后发现群泼事件点头哈腰各种道歉，群里没人回应，连句"没关系"都没人说，以后我们同学之间有任何活动，再也没有叫过他。

人与人之间的情谊本来就脆弱而不可逆，一旦伤了别人就是有关系啊，别人又凭什么非得为了让你爽还你一句"没关系"？

3.

很多人希望通过一退再退来挽回或者巩固一段感情，但是委屈从来就求不来全。

对女人来说，你不喜欢他拈花惹草，但是你告诉自己人无完人就勉为其难接受吧，那你在今后的日子就免不了吞下整天要担心他出轨的苦果；你不能接受他好赌投机，但是你相信时间会改变一切，那你就只能没日没夜地陷入他一出门就要心惊胆战的诅咒里。

对男人来说，你不喜欢她无理取闹，但是你觉得这些可以通过磨合来解决，那你只能在一次次争吵中骂自己当初有病；你不喜欢她翻手机查岗，但你觉得这是出于女人不成熟的爱与担心，那你只能在忙着删聊天记录里度过余生。

人活着首先要对自己忠诚。

底线永远是底线，不可改变，不可逾越，你凑合了自己真实的感受，婚姻就会反过来凑合你的余生。

我们在自己喜欢与不喜欢这件事儿上从来没有退路，唯有严防死守，才能尽可能在不可预料的未来里少让自己害人害己。

你的盲目退让，只能委屈自己，耽误别人，对谁都不公平。

这种蠢事儿，少做为妙。

舆论与社会偏见给了我们很多压力，但是每个人来这世上走一遭都是为了找到真正的自己。在这条路上，有很多轻而易举的选择，比如你妈觉得不错，比如别人都觉得无敌，但这是不是你想要的，只有你一个人知道。

毕竟，你骗得了一时痛快，却躲不过来日方长。

错的人不去，对的人不来

人如果不能忠于内心，就永远不可能得到你内心所想。

1.

上大三那会儿，干过一件挺损的事儿。因为当时是班里的文艺委员，所以元旦晚会搞了个游戏，挑了班里的六对情侣，把男生的眼睛都蒙起来，然后把他们的女朋友排成一排，通过挨个摸手，来辨认出自己的女朋友。

这六对情侣的恋爱时间基本上都超过两年，拉手、接吻，凡是该做的基本都已腻歪过了，但是最后只有一个叫鹏鹏的男同学辨认出了自己的女朋友燕子，其他几对当场翻脸。

更让我内疚的是，当时有一个叫蕾蕾的高个子女孩，她男朋友涛摸到的第一只手就是她的，但是涛只摸了蕾蕾的手一下，就马上松开要下一位。我一看蕾蕾脸色有点难看，忍不住提示他要不要再确认一下，涛十分有信心地说，别坑我了，这是女人的手吗，这么糙。

蕾蕾当场就骂了起来，伸手撕下涛的面巾，一个耳刮子甩过去，跟涛掰了。

这个游戏当时对我的触动很大，我反复在想，过于苛刻要求一个男人对你百般熟悉是否有些太变态，但是毕业四年后，我们班同学聚会，发现这六对情侣，唯一一对终成眷属结婚生子的就是当时一下就辨认出自己女朋友的鹏鹏。

我们都记得，他们爱得昏天暗地的时候，蕾蕾几乎天天给涛洗球衣，而燕子天天晚上从床上跳下来去接收鹏鹏送来的蜂蜜柚子茶。

爱情形式确实百态不一，但是爱一个人的内核只有一个：喜怒牵于一心，不忍苦你分毫。

2.

王小波说，别怕美好的一切消失，咱们先来让它存在。

很多人在恋爱的时候畏首畏尾，瞻前顾后，生怕一露马脚就失去爱，所以就竭尽全力掩饰、小心翼翼地伺候。但是虚假繁荣从来帮不上什么像样的忙，反而，它会加倍地延长你的歧途战线，直到青春战死、容颜老去，你才发现跟错了人。

有的姑娘怕男朋友嫌弃自己腿粗，所以从来不穿裤子；有的姑娘讨厌男朋友一玩游戏就疯，但是怕管急眼了一拍两散所以一忍再忍；还有的姑娘觉得男朋友床上表现不好，但是又怕因为这个分手会被别人骂成欲求不满。

有的男人压根受不了女人蛮横刁钻的公主病，但是一想起她的大长腿就觉得一切都云淡风轻；有的男人受不了女人上纲上线查岗，但是一想到三十大几再不结婚会让人笑话就一咬牙娶了她。

后来的后来，他们都好惨。

在爱情范畴里，珍惜与凑合从来就是两码事儿。

很多人说恋爱中的人都是盲目的，其实恋爱中的人都心里门儿清。

两个人朝夕相处，本就如鱼饮水，别人看上去的配与不配，都无法欺瞒你内心的不适感。

3.

如果从一开始交往，你就觉出来味儿不对，千万别再抱着各种幻想再试试、再磨合。你永远不会错过一个跟你严丝合缝的人，你也永远不会因为睁一只眼闭一只眼就能真的过上和和美美的好日子。

对路的人，假以时日磨合期一过叫修成正果；不对路的人，黏黏糊糊该分不分叫瞎耽误事儿。

人如果不能忠于内心，就永远不可能得到你内心所想。

一旦你闻出来不对的苗头，当机立断，果断说不，否则你一闭眼，他一咬牙，最终只能是耽误了彼此的大好青春，再落个两败俱伤。

人生一世，何其珍贵，错的人不去，对的人不来。

日月当空，爱憎在心。你若不敢抽刀断水择良木而栖，来日就只能厌弃回家漫长苟且。

相爱没有那么容易，每个人的手机里都有秘密

唯有放行，才会远行。

1.

在报社上班时的同事小雅，突然从呼和浩特跑到大理来旅游，见面时看她是一个人来的，就笑着问她，此行是不是婚前最后一次单身狂欢啊。

她苦笑一声说，我跟梁成掰了。

我大吃一惊，因为一个月前我刚收到了她的喜帖啊。但是，为什么婚期将至，两人却一拍两散了。

四年之前，小雅突然辞职回了老家呼和浩特，据说是考上公务员了。

得知此事，一直单恋小雅的梁成，当天就辞掉了电视台的工作，直奔呼和浩特，租下房子备战一年后，也考上了小雅所在的卫生局公务员。小雅大为感动，两人喜结连理，自此梁成每天做饭、洗衣、送小雅上班，还在窗台上种上了一大排小雅最喜欢的丁香花儿。他记得住小雅每次的"大姨妈"日子，并早早起床煮好红糖姜茶端到小雅嘴边，床第之间亦是情意缠绵……

直到有一天，小雅随手翻了一下梁成的手机……她惊讶地发现，梁成在微信里同时给五个姑娘发了裸照，言语中全是挑逗，还赤裸裸地盛情邀请姑娘出来。

小雅那一刻简直就要崩溃了，这跟她了解的梁成完全判若两人。梁成给她跪地求饶说，只是聊天，并无出轨之意。为表决心，梁成当即卸载了微信。

小雅叹了口气，毕竟，眼下房子买了，请帖也发了，双方父母都见了，为了这样一件事儿就散伙了，实在不值，于是原谅。如遇大赦的梁成接下来对小雅更是百般疼爱，可是小雅却始终觉得这件事在她心里系上了一个疙瘩，特硌硬人。

后来，小雅鬼使神差地注册了一个小号，头像是一个性感大胸妹，然后打开微信搜索附近的人，果不其然，梁成火速主动加了她，一番激情四射的聊天后，梁成又出轨了。

最后的隐忍终于分崩离析，这次无论梁成怎么求，她再不回头。

但是，让小雅至今都搞不明白的是，梁成虽然在微信里多次跟人调情屡教不改，但现实生活中，她真的对他挑不出任何毛病啊，他到底为什么会这样呢？

人性就是这么残酷，人人都有着不为人知的另一面。

如果你硬去揭开对方的面具与矫饰，所有的亲密关系都将面临崩塌危机。

2.

别以为我们在朋友心中的形象与自己认为的会一致。

你带给朋友的印象，多数时候只是你希望他们认为你的模样。但你内心深处究竟藏了怎样的秘密，事实上你究竟又是一个怎样的人，除了你自己，没有任何人能得到终极真相。

如果秘密没有被摧毁，那么你可能此生都会拥有一个"好妻子""好丈夫"的名声。如果你坚持认为有所隐藏就是不忠，那么在获取真相之前，你首先需要做好失去一个人的准备。

看过一部电影，《完美陌生人》。

电影里的七个意大利人在其中一个朋友家里聚会。其中三对看上去是恩爱有加的夫妻，另一个刚谈了新朋友，而他口中的"女朋友"因发烧不能来而缺席此次聚会。

聚会的女主人是一个心理医生，提议玩一个游戏，就是将所有人的手机放在桌子上，任何人在接到消息时要大声朗读，接到电话时要打开扬声器。

在座的每个人都觉得这个游戏侵犯隐私，但是谁要是提议拒绝，就相当于让大家公认你确实有不可告人的秘密，至少你的妻子就会率先发难，说你不敢玩，就是因为心里有鬼。

好吧，那玩吧。随着每一次手机信息的到来与每一次电话铃声的响起，每一个秘密就这样在光天化日下被摧毁。

谁也想不到，那个没有带"女朋友"来的男人其实是个男同性恋；谁也想不到，提议游戏的女主人跟其中一个闺密的老公有一腿；谁也想不到，一个看上去温文尔雅的妻子其实每天都在跟一个陌生网友玩着一个不穿内裤的色情游戏……

游戏的核心是，你一旦选择开始，所有人都无一幸免，每一对家庭都面临分崩离析；如果你笑着拒绝加入，所有人带着秘密继续生活，一切如常。

面具之上，其乐融融相伴一生；面具之下，背叛调情乱象丛生。

揭开秘密就是这么可怕。有时候你费尽心思去得到真相，但是真相背后却并不是你想要的结局。

3.

有人问，那怎么办，为了不失去他，就不去查他的岗，强忍住不翻他的手机，这不是活在自我欺骗里吗？如果他真是这么两面三刀的，那还是早发现早好。与其自欺欺人跟一个熟悉的陌生人凑合过一辈子，我宁可手起刀落一拍两散，天涯何处无芳草啊。

没错，你可以更换自己的伴侣，但是你却无法避开植根于人性中的隐秘本能。

乔丹·斯莫勒在《正常的另一面》中为一个人隐藏的另一面打开了一扇可以被接纳可以被正视的大门，让每个"正常"人在自身局限与隐藏的"不正常"里寻求平衡。

通常情况下，我们都觉得精神病与正常人是有明确界限的吧，但是斯莫勒却认为"正常"的定义并不绝对。困扰过我们的情绪问题、人际关系、思想的奥秘，绝不仅仅存在于门的另外一侧，或许统统可以称为边缘性的精神疾病。

"正常"与"不正常"都不绝对，每个人心里都偷偷装着另一个我。

你认为他是你有过交情的好哥们，但他很有可能在私底下根本瞧不起你；你深感这个家来之不易，但看到完美胴体却还是没做到弃之不理……

很多人都在阳光下扮演着"正常"角色，又在夜深人静的时候摘掉面具，扮演了你们都认为"不正常"的那个角色。

你认为那些坚不可摧的爱情与友情，其实非常脆弱。

人性的复杂与时间的塑造经常会左右着一个人的行为路径，你要是胆敢往前再走一步，那可能就是人生的地震与海啸。

4.

《绝望主妇》里有一句台词："Everyone has a little dirty laundry."字幕组将这句翻译成"每个人心里都有一些不可告人的秘密"，但是这句话的"dirty"带给我们的意思更能一剑封喉。

每个人内心里都有肮脏的一面。

人人都有秘密，那么一个人隐藏了不想跟外界分享的另一面，这就能说明他变态、分裂、不忠、不值一爱吗？

我们想得到真相的原因，通常是不想被隐藏的秘密所伤害。

但是如果得到真相反而给我们带来更加猛烈的伤害，那我们到底要不要继续坚持撕开对方的面具呢？

我谈过几次恋爱，遇到过一些男人，却从未翻看过他们的手机，也从未去逼迫他们讲出心底的秘密。如此豁达放养，并不是因为我心比天大，而是因为我知道，人与人之间的关系，其实很脆弱，你得到了，他就失去，这段关系就很难一如既往，但是我爱你，就是不愿意去伤害你人性里的不堪。

你的不知情，并不能成为定义别人欺骗与不忠的标尺。

我们知道消费名人是一种人人嫌恶的无聊窥私，那更应该知道撕开我们心爱人的面具也是一种不太善良的猎奇。

听过《一个人需要隐藏多少秘密》这首歌吗？

"一个人需要隐藏多少秘密，才能巧妙地度过这一生，这佛光闪闪的高原，三步两步便是天堂，却仍有那么多人，因心事过重，而走不动。"

得到秘密不等于得到坦诚，失去真相也不等于失去幸福。

电影《第六感》里有句台词："人们有时以为失去了什么，其实没有，只是被换到了另一个地方。"

所以，我并没有失去你的秘密，而是安排它去了你认为安全的地方。

长情之路，需要秘密。唯有放行，才会远行。

我爱你，因为你让我这一生化腐朽为神奇

不要期待一个人的突然出现可以百分百承揽你的一生无虞。

1.

昨天晚上，一个男读者提出了一个问题，听上去很幼稚，但是要想回答好这个问题，却并不容易。

他问，男人要怎样做，才算是对一个女人好？

我没有着急回答，而是把问题抛给了读者，几分钟之内，真是令我大开眼界：

男读者的回答是这样儿的：

"现在好好奋斗，将来给她多添点儿份子钱啊。"

"能问出这样一个问题的人，说明他本来就不错。和她分手，让她遇到一个更差的男人，就知道你的好了。"

"一个男人能有这想法真幼稚，你摸着自己的良心，你还不知道对她好不好。"

"她喜欢你，你什么不做都是好的；她不喜欢你，你把心掏出来她都觉得腥。"

2.

女读者的回答是这样儿的：

"别光动嘴不动腿！再让我喝热水马上分手！"

"不恶意伤害就是对女人好，男人知道没有结果还要去爱，就是因为不够爱。"

"很简单啊，就是不要拖着，尽快跟我结婚。这么多年，不吐不吞的最无耻。"

"以前我设定了一万个标准，一定要对我好，要尊重我，体贴我，包容我，然而每每遇到的，都不是这样的，可是也能接受这样那样的不好。"

这个问题反映出的男女视角非常有意思。

敌对的认知：在多数男人看来，这个问题根本不是问题，我对你好不好你肯定知道啊，干吗还提那么多矫情要求，相爱就好好在一起，别作；在多数女人看来，对我好你就是要有行动啊，你得给我一个善始善终的好结果，一天天光打嘴炮有什么脸说对我好。

共同的想法：但使两心相悦，无灯无月何妨。

那个男读者其实说得很中肯，却也最伤感。她喜欢你，什么不做都是好的；不喜欢你，把心掏出来她都觉得腥。

那按照这个说法，好像在一段注定好的感情中，做什么都是徒劳了？

那我们就来讨论一下，什么才是真爱，怎样才是对一个人好。

3.

2009 年我刚毕业，在北京。

我跟一个叫海莉的姑娘合租，她跟她男朋友小北就住在我隔壁，在一起两年了。

在这两年的时间里，我没见过她进过一次厨房，拿过一次扫帚，扔过一次垃圾，她不知道该如何交水电费，也不知道哪把钥匙能打开自己家的门，每天仗着小北对她的无限宠爱，对他蛮横地颐指气使，傲慢无礼。但是我们没有谁觉得不妥，毕竟，感情这种事儿，就是这德行，总有一方会占上风，只要他们乐意，你跑出来干涉那就太狗拿耗子了。

第三个年头，海莉突然交上了新男朋友韩威，小北从家里搬走的时候，两眼通红。

刚好，那天几个熟悉的朋友都在，其中一个姑娘忍不住说海莉是一个不知好歹的作女，小北对你掏心掏肺的好，你说劈腿就劈腿，真是太过分了。

海莉愣愣地站在那儿，她问我们："怎样算是对我掏心掏肺的好？如果他照顾我一生，那么我一生都将是一个低能白痴，难道要我主动去改变一个人爱我的方式？"

她又说："跟小北在一起两年,我什么本事都没长,每天活着等死,吃饱等饿，但同样是照顾韩威做什么事儿都特意要我帮忙，要我参与，做饭的时候我择菜他炒菜，从超市买东西的时候我提小的他提大的，但凡是我能力之外的，他一定不难为我，但是明明是我举手之劳的，他就笑嘻嘻地拉上我。跟小北在一起，我觉得自己就是一条无所事事的寄生虫，跟韩威在一起，我突然感受到了自己进一寸有一寸的欢喜，突然明白了什么才是真正的生活。"

我不想评价海莉在这段感情里做得对与错。

但是，要知道，这世界上有很多人，做事的方式只是习以为常，而从来不去考虑正确与否，就像有些人只管躺在被爱的温柔乡里，懒得去关心什么变好或变坏的问题。

但是，又有谁能保证会照顾你一生？

抛开人心难测，还有天灾难违。

人生路，漫漫长，你不能在如流岁月中修缮自身逐日向好，就必须要独自承受随时可能一落千丈到头来又一无所长的"弃妇危机"。

4.

很多夫妻、伴侣，终其一生，都从未能走入对方的内心。

奥黛丽·赫本，一生嫁了三个男人，晚年才找到真爱。可是我并不觉得她可悲，因为有些人一辈子都没找到过真爱，自己却从来不知道。

每个人都有自己爱一个人的方式与判断被一个人爱的标准。

忘记给你过生日，结婚纪念日没准备合意的礼物，说好8点见面却迟到了五分钟，我生病了你没有第一时间给我送药还责怪我自己不注意，其实都说明不了什么实质性的问题。没有人能百分之百地按照你的标准去爱你，但是我们一定要建立起爱与被爱的秩序。

感情的本质是一场合作，而不是一种简单的单向掠夺，两个人早晚要从激情四射的面面俱到回到平淡如水默契相合的生活轨迹中去，没有人可以对另外一个人永远保持高度关注。

电影《练习曲》里有句台词：我们每个人来到这个世界上，都是独自的旅行，即使有人陪伴，终究会各分东西。

不要期待一个人突然出现，就可以百分之百地承揽你的一生。

一段长久的感情，就是互相扶持，以强励强。

世界有时冰冷又现实，谁会管你是否曾经集万千宠爱于一身。时过境迁人走茶凉后，最后能挺过来帮你说话的，还是实力二字，去让彼此变得更好的一种实力。

相爱之路有时很残酷，从我们决定开始那天，其实就已经被迫偷偷倒数计时。

希望有一天，你对我说你爱我的时候，不是因为我爱你，而是因为我可以让你这一生，化腐朽为神奇。

毕竟，爱情永远是精进者的游戏。

你要是这样想，我也没办法

我们要的是更多的改变，而不是对相爱的人两手一摊。

1.

昨天在网球场，老远看到一个姑娘坐在门口外的石墩子上哭鼻子。走过去一看，认识啊，小九。一年前跟小九初相识，当时小九刚离了婚，独自一人带着一个刚满1岁的女儿在大理开客栈，漂亮泼辣的 90 后单亲妈妈。

于是，我坐下来跟她聊了会儿。

小九哭哭啼啼地告诉我，她简直对再婚一点信心都没有，男人难不成都一个臭德行，新谈的对象吵架的时候，遮遮掩掩欲盖弥彰，解释个问题漏洞百出，要是问急了就来一句"你要是这样想，我也没办法"。

小九问我，男人说这话到底是什么意思？是心里有鬼故意不说，还是压根就不在意她的感受？

这个问题，真得分人。

年少时谈过一个超级高冷的男朋友，我们相处得特别寡淡，也极少吵架。

有一次，用他手机玩游戏，发现他相册里有张挺辣眼睛的照片，一个姑娘在他怀里笑得花枝乱颤。

更让人生气的是，他手机相册里竟然没有存下任何一张我们俩的合影。我当即便气得不能自持，疾言厉色质问。他不咸不淡地说，就是个老家的妹妹。女人一听男人叫什么妹妹，那还不得秒炸，于是一向云淡风轻的我不依不饶地跟他开吵。

起初，他看我较真了，马上开始认真解释，但说来说去都没重点，就女人这神准的第六感，这里边指定有事儿。他后来答不上来，就扔给了我一句"你爱怎么想就怎么想吧"。

就这么几个字，让我听得肝肠寸断，果断舍弃。

先不说男人说这句话的动机与意图，可以谈一下我当时听到这句话时的第一个感觉——我被放弃了。

一场一方突然作罢的吵架，对于真正的恋人来说只是一种相爱相杀，但对于一段本就岌岌可危的关系来说，只是一方在借此机会顺势而下。

2.

男人和女人本身就拥有着不同的吵架逻辑。

情侣之间的吵架，本质上来看，多数只是使用了过于激烈的方式力求能引起对方的注视，以期让对方能够服从自己的逻辑，做出一些适当的改变。

那么俩人之间既然出现了问题，若要想继续交往下去，最好的解决办法就是交流。

　　但因为人人都有情绪，尤其深陷一段用情至深的关系时，情侣之间解决问题的路径常常就演变成了发难性的争吵，而争吵往往就会把交流演绎成一场失控的争斗。

　　有个特有意思的哥们，是个程序员。好容易找到一个不嫌弃他情商低的女朋友，但是俩人却天天吵架。

　　晚上一块吃烤鱼，他支支吾吾地说，可能要分手了。

　　饭桌上有姑娘在一边哈哈大笑，说，就你这种连认错都不会的白痴，要是我，都跟你分手十回了。

　　后来他就给我们说，他跟女朋友俩人之间其实也没啥实质性矛盾，但就是好像完全没法沟通。

　　有时候，电视看得好好的，俩人会因为对一个电视剧里男女主角的看法不同，一言不合就开吵，互不相让。他想晓之以理，女朋友不管那一套，就非吹胡子瞪眼要他道歉。这哥们也是个奇葩倔种，想要我道歉可以，你必须从逻辑上说服我。

　　战火势头太猛，这哥们就想忍忍做个让步吧，于是拿件衣服下楼遛弯儿去了，女人一看这态度，搁谁都得炸。

　　这种情况，问题到底出在哪儿了呢？

　　男人在激烈争吵中选择闭嘴避让时，通常的想法是，等你冷静下来，你就理解我了，这事儿就可以翻篇了。

女人对这事儿的理解是，就你这个无所谓的态度，压根就是不想过了，是时候一拍两散了。

3.

一旦在争吵中，男人摆出一副无力争吵的架势，女人就离着秒炸不远了。这个时候，男人就会觉得，这女人到底要干啥，真是莫名其妙啊。

如果你再蹦出来一个"至于吗"，那么恭喜你，你瞬间将你的女人置于无理取闹的境地，接下来你就准备好迎接更猛烈的血雨腥风吧。

女人在试图沟通遭到拒绝时，通常不会理智地去思考一下是否自己太过咄咄逼人，而是更容易被一个男人不回应的态度进一步激怒。

因为，女人最大的危机感常常来源于突如其来的漠视。

但这不代表女人脆弱，就吵架本身来说，男人全程关注的是这件事本身，女人全程关注的是对方的吵架态度。

在一段关系中，吵架虽然方式激烈，但至少是一种激烈的沟通方式，相比于"你爱怎么想随你"这种杀伤力极强的无所谓态度来说，更友善。

如果你不能说服你的女人冷静下来搁置不议，那你至少可以尝试着陪她坐在沙发上生生闷气。毕竟不是什么水火不容的冤家，一句软话给个良好的态度，她会马上收到你依然在意她的信号。这个时候，但凡是聪明的女人，一定会顺势给你找台阶下的。

村上春树说："人生而孤独所以无法相互理解，所谓交流只不过是互相寻求安慰。"

人作为独立的个体，本身的自我意识就极强，而恰恰每个人都因为不同的经历与阅历会对事情的判断产生不同的想法，在这种先天复杂的沟通障碍下，如果还选择少说话冷处理，那基本就把彼此逼入了更加糟糕的猜忌。

沟通不是为了争吵，沟通恰恰是为了避免争吵。

下次开吵之前，先想想这句话。

4.

一对老乡夫妇在我家小区旁边买了套房子，惊喜发现了我鲁字开头的车牌，蹲点等到我后，热情邀请我去他们家吃饭。

夫妻俩有六十岁左右，我坐在院子里喝茶，远远地看到他俩一起在灶台前忙来忙去，就过去跟他们瞎聊，笑说："你俩这不是一般的恩爱啊。"

女主人一愣，问："何出此言呀？"

我说："我见过的老夫妻不用说一起做饭了，到老了连遛弯儿都遛不一块儿了。"

男主人哈哈大笑，他说："这么多年来，我们做什么都一起，哪怕吵架了，也要手拉手出去轧马路，最多就是气哼哼地互不搭理。"

年轻时谁也避不开相爱相杀，但年老时我们却不得不任由冷漠洗尽彼此的铅华。

而能够长久相依相伴的亲密关系，大多都始终保持着一种积极沟通的姿态。

我们这一代相比于从前慢的一代，爱一个人的耐心确实越来越少。父母那一代，一旦许配给谁，很多都是就算万般不爽，也要认定死理咬牙过到底。

但是，我们这一代人的自由精神，跟爱的用心度并不矛盾，如果你始终抱着一种"爱行行，不行就散"的态度，那就别抱怨真爱为何总是与你无缘。

你要相信，多数时候，不是我们无力改变，而是我们太轻易地对爱的人两手一摊。

对女人而言，吵架，始终胜过独守冷暴力的"活寡"。

如果你没胆失去爱，那你就少有机会得到爱

爱是认真憧憬，暧昧是避重就轻。

1.

昨天晚上去参加了一个民谣之夜活动。

恰好遇上了前不久刚跟男友分手的民谣女歌手琼，复古木桌上烛光盈盈，周边围坐着一圈等着听她讲分手心得的男女。

"琼，那么帅的男朋友，说分就分了？"

"琼，能挽回就挽回一下吧，多少女孩子等着从你手里接盘呢，你这么放手了真是可惜。"

"……"

琼一言不发地笑了笑，从人群中一眼望到我，拉着我去门口抽了根烟，问我："小轨，你知道我为什么能够下定决心跟郎凯分手吗？"

没等我来问，琼像是在自言自语一样马上说道："你可能不知道吧，我跟郎凯好了有四年多了，但是每次一碰到熟人，他牵着我的手就会主动松开。"

琼的性格，在圈子里是出了名的洒脱，对所有烂桃花不屑一顾，

唱歌的时候不苟言笑，很是高冷，唯独对郎凯情深似海。因为郎凯家世好，有钱人又帅，自小便习惯了坐等万千宠爱，从来都是姑娘主动对他投怀送抱，所以琼一直觉得自己的男朋友像是偷来的一样，干什么都小心翼翼的。

两人都在一起这么多年了，琼连给郎凯发消息的时候都紧张兮兮地像是在写高考作文一样斟字酌句，每次都要盘算好发信息的字数、发消息的频率。如果郎凯晚上出去玩，她要反复斟酌几点钟打个电话问一下会恰当到既不显得自己焦虑又能提醒他该回家了。

直到有一天，琼对于郎凯半天才回信息的这种烂毛病突然动了怒，故意发了一句"分手吧"想给他个警醒，结果琼却第一次收到了郎凯的秒回，俩字：好啊。

他只是暧昧成瘾，她却爱已成荫。

很多人，因为太爱，便在跟别人的交往中不敢打开真实的自己。不断地在患得患失中自我迷失，最终导致所有的负重与累积都会因为一个点，统统爆发。

一个人内心的不安全感最容易助长别人暧昧成瘾的气焰，而你的每一次讨好，都是一种变相的失去。

2.

　　大一那一年去舅舅家做客，一家人在一起聚餐，总要找一些无伤大雅的好玩话题开聊，于是刚从外地回来据说新谈了女朋友的表哥成了众矢之的。

　　酒足饭饱后，大家都嚷嚷着要看表哥女朋友的照片。但表哥愣了一下说："没照，但是我敢保证，我女朋友超级漂亮。"说话的时候，表哥的目光中全是毫不掩饰的迷恋。

　　舅妈有些奇怪，说："你不是有单反相机吗，怎么没照？"

　　表哥支支吾吾地说："也不是没照，就是临回家之前，她突然从我手里抢走了相机，把我们的合影以及她的照片统统删掉了。我问她为什么，她说她没有把我照片带回家，那我就不能把她的照片带给家长看，否则不公平。"

　　舅妈叹了口气，对表哥说："这姑娘恐怕跟你长久不了。"

　　表哥听了当时就不乐意了，说："妈，你怎么这么诅咒你儿子的爱情，姑娘家的小脾气说明不了什么。"当时一桌人也都跟着附和，说舅妈太武断，一点儿小事儿就给人一竿子打死，不合适。

　　不出两个月，我就听说了表哥失恋的消息。姑娘说，起初不太确定这段感情，只是贪恋表哥待她如获至宝，但是一段时间后，她还是觉得这不是她想要的爱情。

　　工作后有一次回老家，跟舅妈谈起此事，问她为何就凭这么一件小事儿就知道姑娘跟表哥走不长远。舅妈说："一个敞开怀想嫁到我家来的姑娘，怎么可能从看照片这一步开始就忙活着给自己留后路，这姑娘压根就没想过要跟你表哥有个结果。"

那一刻，我便明白，**爱是认真憧憬，暧昧是避重就轻**。

单方面如痴如狂与单方面暧昧彷徨都很难推着爱情走进婚姻的殿堂。

史铁生在《爱情问题》把这个问题写得很透彻，"**爱情注重的是心灵上的自然吸引和自由结合**"。

一往情深的人，因为太在意，所以会慌张；因为不从容，所以根本无法展现自身的光芒。

3.

很多人在久旱逢甘露时特别在意爱情的来之不易，怕经营不好，于是从一开始就给自己的每一次约会带上了强烈的目的性。看一场电影，一定要拉到她的手；出去旅一次行，一定要把姑娘睡了断了她若即若离的念头；送一束花，一定要让她答应求婚从此与你风雨同舟。

越来越多的人莫名其妙地陷入了爱情的功利性危机中去，对每一次时间的运用都饱含期待，为了获取爱情结果，不惜扭曲自己的人格，搭上自己戎马半生的自有光环。

心有欢喜，愿意付出本是爱一个人最直接的表现。

但是，在一段感情中，你妥协得越多，你就不可避免地会越难受，当爱情走向终点，你会特想抽自己个大嘴巴，后悔当初为何犯贱没给自己留下最后的尊严。

春耕秋收，亘古不变。

我们始终活在爱的平衡法则里，爱与被爱的关系永远是一物降一物的。有时候你觉得自己爱得感天动地，但对于那些只是跟你试试看的人来说，你这就是一种以爱为名的绑架。

看过一本有趣的书《爱与被爱的艺术》，马修·凯利写的。

这本书中介绍的增进亲密关系的方式，是在保持真实自我的前提下，在对人尊重的基础上发展亲密关系，而绝非某种扭曲的人际关系攻略。

所以，如果你只是因为怕失去，就要忽略自己的人格本质与行为常态，而无法泰然自若，那么你也很难在本质上得到对方的真心。

德州扑克玩家菲儿·艾维说过一句很酷的话："如果你没有勇气从口袋里抽出 100 美元烧掉，那你就不可能在赌桌上赢钱。"

谈恋爱也是同样的道理，如果你没胆失去爱，那你就少有机会得到爱。

4.

喜欢这件事，天生就充斥着不对等的嚣张气焰，但是真正相爱的人，恰恰懒得去计较谁在这段感情中占了上风。

反而那些本就始于牵强的感情，才会被这种不对等的诟病顺势推倒。

说再多"只缘感君一回顾，使我思君朝与暮"的心心念念更是苦海无边。

许多虐爱只是因为没有爱对人。

早晚有一天，你会发现，所有的虚假不在于以分手告终的结果，而在于你自己的选择。

读过一本心理医生写的书，M. 斯科特·派克写的《少有人走的路》，绝妙地表达了爱的本质。

"爱不是单纯的一种情感，也不是依赖，而是一种促成自我和他人的精神和人格不断成长的意志，并且教会我如何去平衡爱的感情方面与意志方面。"

每一次违背自我，都是在把对方越推越远。

不想让对方发好人卡，就不要逼迫自己在一段关系中硬去假装云淡风轻，也不要担心展示真实的自我会失了分寸。

只有坚持做自己，才会吸引对的人，才会成就对的婚姻。

以后再遇到对你暧昧成瘾，而你又对他过于痴迷的人，别着急急吼吼地发散自己身上的圣母光环，可以尝试着去表达自己的真喜欢，收起口中那句为爱让步的"什么都你说了算"。

自此，你不必坐立不安，也不必狂骄不减。

认认真真做自己，真正属于你的，无论拐多少个弯，都会踏破红尘找到你。

总想控制你的人，相处起来一定不容易

感情里没有成王败寇，只有爱得够不够。

1.

下午 3 点钟，一个邻居大哥，提着一瓶自制果酒突然跑到我家串门，刚好几个朋友在，于是大家欢快地租了几桌牌局，准备散场后一块喝酒扯淡。

可惜，一个小时不到，我们就见证了一段催人泪下的演技。

大哥的夺命连环电话频频响起，每次他都在这边一口一个宝贝这就回去了，一口一个再五分钟就结束了乖啊。但一挂掉电话就一脸不屑地说，来来来，再来一把，别管她，这婆娘就是多事。

这翻手为云覆手为雨的演技真是让人忍俊不禁。

有人笑说："大哥，这大白天的，嫂子咋管你管得这么急啊？"

他愁眉苦脸地说："年轻的时候我犯过一次作风错误，被她抓住了，我想把事情交代清楚，她捂着耳朵说不想听，她说只要下不为例，就对我宽大处理。我当时对她真是特别感激，男人年轻时能碰到一个明理大度、能包容我的女人并不容易，但打那以后，她就跟管孙子一样管着我，我真是受够了，还不如当初就着这个由头把婚离了。"

一桌人听完都沉默了。

两口子一旦遇上婚外情危机，如果只是为了留住对方，就故意把事情的本质轻描淡写一笔带过，那么暂时的忍让就很容易扭曲成心有不甘的付出感。

一段感情中，恶性付出感越多，心态就越差，最终两个人就极有可能陷入一场互相防范的疲惫游戏中去。

不彻底的宽容与假装忍让只会逼迫负疚者持续表演，这种情况早晚会遇到导火索，到时候只会亲手葬送这些年苦心经营的婚姻与家庭。

2.

上大学那会儿，一个关系不错的闺密，在拥有一个高冷的男朋友的时候，遭遇了一个艺术学院男生的穷追不舍。

毕业时，高冷男朋友要她跟他一块回县城老家，骄傲无比地说他家里会帮她搞定一份钱多事少离家近的好工作。

她却惊人地强硬了一回，生生做了一次"毕分族"，转而跟艺术男闪婚了。

当时人人都以为她只是委身于感动，婚后生活必会遭遇各种不适，但是她却跟现任老公过得无比琴瑟和弦、恩爱有加。

她说："前任一直比较霸道，一切事情都他说了算，会蛮横地规定她穿衣服的色系，决定她可以自由给他发消息表达想念的最佳时间段，甚至会划定她可以接触的异性范围。"

这种状况下，她也总是莫名其妙地想去竭尽全力取悦前男友，买任何东西都是要买男朋友喜欢的，言谈举止也总是放不开。

两个人不是不相爱，但几年相处下来她身心疲倦。一开始她以为爱一个人，就是要付出，原则可以毫不犹豫地放一边，但是后来，她发现自己越来越像一只得了取悦症的小动物。

当初拒绝跟男朋友回老家，只是因为想照顾自己的单亲妈妈，不想离家太远，结果跟现任老公相处，让她彻底明白了什么叫互相宽容、历久弥坚的感情。

她笑着说："真是奇了怪了，之前跟任何人在一起，我都表现得彬彬有礼、涵养得体，唯独跟我老公在一起，就撒丫子打嗝、磨牙、放屁，他还特得意。"

我爱你，因为我喜欢你成为你自己。

3.

臣服于一方的感情总是如履薄冰，而真正相处起来令人舒适的爱情，就是随意得这么彻底。

喜欢你人前躲闪的欲望，喜欢你的打嗝放屁，喜欢你耿直的衰老，喜欢你不可避免的死亡。

如果不想上一秒跪捧，下一秒玩完，那就放下控制与被控制的念头，去做一个爱别人而不失去自我的人。

尼采在《查拉图斯特拉如是说》中说，**不能听命于自己者，就要受命于他人。**

很多人的皮鞭，都是自己欢天喜地交出去的。

电影《被嫌弃的松子的一生》中的松子，为了被重视，她不断去讨好别人，用鬼脸、用身体、用爱，埋葬一生。

两个人要相处的容易，靠的不是感天动地的卑微付出，而是共性与吸引。

之前跟一个同事出差，发现他每隔一个小时就要找一个有Wi-Fi的地方跟他媳妇视频一下，展示一下身边没有野花杂草，所处的位置确实在如实汇报。

第一年，他把媳妇的这种要求当成是爱他疯魔的甜蜜要求；第二年，他开始疲于应对，一视频就手忙脚乱地求女同事往一边躲一下好显示他的清白；第三年，两个人开始吵着要离婚。

同事说，只要晚回去一秒，媳妇永远都是劈头盖脸地来一句，你去哪儿鬼混了？然后他带着一身的疲惫小心翼翼地告诉她，在公司加班呢，乖啊，一会儿就回。

即便两个人都是天底下最好的人，也难以保证一段爱情不会无疾而终，况且疯狂地控制你喜欢的人，是一种很严重的病。

与其作天作地地控制人，不如静下心来想一想，为什么你的喜怒哀乐，会因为对方形式主义的表达，持之以恒地监控才能踏实流露呢？

对方是不是真的爱你，其实你内心深处一直都有杆秤，不必非得鸡飞狗跳天天演戏。

4.

之前因为我坚持辞掉报社的工作只身跑到北京的事情，我妈气得食不下咽。我左右为难，既想坚持自己的人生规划，又不想我妈为此伤心欲绝。

一段时间内，我妈跟我说，只要我找了男朋友一起去，她才不会再持续失眠。后来到了北京，她又说，我只有年底之前买了房子，她的静脉曲张才会好点。

父母对子女的牵挂有时确实令我们很尴尬。我们都知道，他们无论做了什么，都是出于对我们的爱与关心，但是他们越是在意我们能否如"别人家的孩子"那般乖巧，就越是让我们的追梦之路深感沉重与压抑。

后来，我就拿出了详尽的五年规划，与她分享我每一年要做的几件大事与要实现的目标，每隔一周我会跟她简单沟通一下进度。我估计她多数时候其实也听不懂，但是只要我源源不断地出成绩，并不断督促她出去跳跳舞、打打牌，她的喜怒哀乐就不再禁锢在她的女儿身上。

直到今天，她极少再担心我会饿死在外边，听侄女说，我妈还经常喜气洋洋地向街坊邻居表达她对女儿的骄傲之情。

再亲密的关系，也需要恰当的空间与放行。

人与人之间，不能靠单方面控制来稳定相处模式，而是要不断地倾听、引导与信任。

患得患失、猜忌、占有与不加节制的控制，只会让一段本来好好的关系更加吃紧。

千万不要指望通过控制另外一个人的表现，来左右自己的情绪。道德绑架与暴力监控都是一种累心的控制欲。

不是你的，得到了也心累；该是你的，飞再远也知归。

唯有遵从内心，坦诚地去爱一个人的方方面面，有礼有节地表达自己的希望与底线，尊重对方的选择与意愿，才是爱一个最好的方式。

唯有如此，才会让你们的相处变得舒适。

毕竟，感情里没有成王败寇，只有你们爱得够不够。

两个人相爱才是家，我不需要你赢天下

永远心存失去对方的一丝担心，这个家才能在细水长流中相濡以沫。

1.

一个朋友年少有为，精明能干，还有一个漂亮可人的青梅竹马相伴十年，从一无所有到家财万贯。

最近朋友的西餐厅分店开业，他举着话筒在台上谢过恭贺，红着眼圈哽咽着说他离婚了，失去了他这些年唯一深爱的人。

人人都觉得朋友的事业正如日中天，他自己也这么觉得。赚够了一百万后想要一千万，赚够一千万想要一个亿，赚够了一个亿就想要更多。

朋友跟前妻相爱十年。刚毕业时穷小子一个，善良漂亮的女朋友拒绝所有有钱人的诱惑与追求，欢天喜地地陪他住在北京天通苑的地下室。

有一天女朋友回到家就放声大哭，原来是她在挤地铁的时候，遭遇了地铁色狼被袭胸，但是因为胆怯，没敢吱声，只是躲到一个角落里偷偷抹眼泪，回家的路上越想越委屈，到了家眼泪终于

忍不住奔流而下。

朋友看着媳妇身上穿着从西单淘来的地摊货，一把抱住她，肩膀都在颤抖，心酸发誓，一定要努力给她最好的生活。

后来生活确实越来越好。朋友的女朋友变成了朋友的妻子，但她总说人需要的钱是有数的，"我们不需要那么多钱，差不多就好了"。

她希望朋友能拿出一点时间多陪她走走路、看看电影、吃吃饭。但是朋友始终觉得，物质和爱情就是此消彼长，况且两个人婚后的生活来日方长，将来有的是时间儿女情长。

后来朋友做了比萨工厂，开了坚果连锁店，西餐厅也有了分店。陪她的时间，从一日三餐到了三月不见，直到今天，她什么都不要地变成了朋友的前妻，心满意足地嫁给了一个数学老师。她给朋友的理由是，数学老师陪她做饭刷碗，还有寒假暑假陪她隔三岔五出去转转。

她说，有正经工作，有时间陪她，这就是她想要的生活。

很多人都会对自己喜欢的人说，等以后日子好过了我要陪你去干吗干吗，但是两个人在一起的每分每秒，都是能够决定感情是否牢固的重要构成。

婚姻只是爱情的一个发展阶段，不是开始，更不是结束。它随时可能给那些以为结了婚就可以一劳永逸的人以致命反扑。

若要生死挈阔，就永远不要停止对爱情的经营。

2.

一个干将级大姐，今年 36 岁，已婚丁克主义，是个商业天才。

赚到了生活所需的基础配套后，就跟老公从一线城市返回了老家山东，目前给 3 家公司做起了远程商业顾问，每家顾问年费10 万元。

相比于圈子里很多不舍昼夜玩命打拼的人来说，一年 30 万元收入实在是算不上什么，但是对她来说，够用就好。

前不久，一个朋友要主动给她介绍一个靠谱的投资公司，想聘请她做远程顾问，主要是判断一下项目，一年多出几次差，可以一签合同就付年费全款，一点都不磨叽。

她谢过朋友好意，并果断拒单。

大家都惊了，这等好事儿，为什么要拒？生意上门哪能往外推，多接一家是一家啊，钱又不压人。

她说，如果她敞开接，一年满打满算可以兼顾 10 家公司，在这之前她已经拒掉了好几个老主顾。不是她高傲，也不是她不爱钱，而是希望竭尽所能地平衡好金钱与家庭的关系。目前 3 家公司的顾问工作量让她感到节奏刚刚好，既不至于忙得晕头转向没了生活，也不至于无所事事担心生计，如果因为多赚一点少赚一点钱而影响了她跟她老公的相处时间与感情生活，那就得不偿失了。

永远心存失去对方的一丝担心，这个家才能在细水长流中相濡以沫。

3.

刚毕业时，班里几个同学决定挥师北上，于是有四个姑娘在北京开始了北漂生活，包括我。

多数人的基本情况都是，工作在三环内，住在六环外，每天地铁往返时间占去了至少三个小时，工作时间加上往返劳顿，我们天天累到着床就睡，都巴不得脸不洗牙不刷就一觉到天明。以至于我们来到同一个城市，一年也没有聚上一次。

只有一个叫萱的姑娘，在国贸租的房子，离着公司两站地，每天上班单程十分钟。我们都觉得她这就是作，不懂理财，因为她一半的薪水都用来交了租金。

一年后大家情况稳定，在萱的号召下，好不容易凑齐人数在国贸聚了个餐，难度不亚于世纪大融合。

饭桌上就有了这样的对话。

"萱，你住在这儿这么贵，多浪费啊，还不如租个五环外的房子把这些钱省下来，攒着将来买房子用，反正只是租的房子，就是睡个觉而已。"

"租的房子里也有我的生活啊，我每天在里边吃饭、睡觉、看书、养花，要是每天一睁眼就看到屋子里墙皮脱落，蟑螂飞檐走壁的，哪还有心思往好了奔。"

这个最"作"的姑娘，一直拒绝蜗居拒绝蚁族，每天吃得不贵但讲究营养均衡，住的房子简单，但一应俱全上下班方便，每天勤勉工作，下班该看画展看画展。

五年后，她第一个在北京安了家。

泱泱流年里，岁月不可欺。

我们过的每一天，都装满了我们一丝一毫的生活。你敷衍自己一寸，生活奉还你三分。

爱情里最蚀骨的遗憾，莫过于《花样年华》中的"我等你，直到垂暮之年，野草有了一百代子孙，那条长椅上依然空留着一个位置……"

善待自己，不需要等你赢了天下才来得及。

善待自己的家人，也是一个道理。

一辈子，三万天。

我们对家人的爱，渗透在清贫时要不要加蛋的每一碗面里，也镌刻在富贵时再忙也不会让她天天一个人吃饭、买菜的每一次期待里。

所以，我想告诉你，**两个人相爱才是家，我不需要你赢天下。**

第五章

多少隐忍，是你假装看不懂的情深

CHAPTER
FIVE

不给你毫无意义的期待，是不爱最良心的告白

如若不爱，请先斩断。

1.

一个读者，女的，今年 35 岁，跟了一个男人。两个人如夫妻般一起生活了十年，但一提结婚，男人就说自己恐婚不想结，后来她厌倦，提出分手，男人怕了，于是搪塞说今年结。但巧的是，恰逢男人今年事业突变，欠了一屁股债，于是以"为了她好"而不能让她平白无故共担负债为名，婚事再一次搁置一边。

她问我："一个男人，为什么会愿意跟你生活却不愿意给你结果？"

昨天，一个离婚一年的朋友，是个画家，恰巧来我家串门，云淡风轻地给我讲了这么一件事儿。

今年年初，他在个人画展结束后的一次聚餐活动上认识一个姑娘，谈不上来电，但看着还算顺眼，毕竟都单身，于是事后约在一起吃饭。但是两个人单约的时候，朋友觉得这姑娘对画作一窍不通，对他只是盲目崇拜和喜欢。

朋友思量再三，礼貌说了再见，但姑娘回去之后一直联系他，

于是他秉承一种"不拒绝不负责"的态度跟姑娘不咸不淡地维持着聊聊天、吃吃饭、看看电影的关系。

直到昨天，姑娘突然从昆明跑到大理，赖在他家不走了，又是做饭，又是收拾屋子的，大有一屁股坐下来生根发芽之势。那一刻，朋友一下子慌了，因为他压根不喜欢她，之前互聊只不过是打发一下一个离婚光棍的孤独时光。

我说："既然你这么明确自己不喜欢人家，至少现在跟人说明白别再耽误别人。"

他摆摆手，说："那怎么行，这太伤人了，我对她再冷淡一点，她自己就知难而退了，至少要给人姑娘留点面子啊。"

不少人，都把婉拒当成一种美德，但是很多单纯的情种，会误把婉拒中的"婉"，当成自己继续等待、继续争取的希望。

你以为留有余地的不冷不热是对别人尊严的保全，但本质上，这只是在仗着别人的喜欢，肆意践踏别人的时间。

2.

很多人的放不下，恰恰就是因为时间带给她的习惯。

电影《心花路放》中有一个小细节。

耿浩泡水的时候要用橘子皮，还养活着一条叫橘子的狗，而这些习惯，恰恰是前妻康小雨带给他的。耿浩自己再去做这些的时候，每一次喝水，都会有一种难以割舍的心酸。

所有纠缠，皆是虚妄。时间越久，回忆越多，转身就越难。

"偶然吃到了一颗花椒，心里不是骂娘，而是泛起了一阵感伤。"

没有那么多当断不断，就没有我如今的深陷泥潭。

你走进我的生活，你带给我改变，当我开始习惯了你在我生活里遍地开花，你再突然告诉我，其实你早就不喜欢我了，只是想再给我一点时间，那才是真正的浑蛋。

职场面试过吗？

当你一脸青涩地走进一家富丽堂皇的公司，跟面试官没聊几句，人家就表现出兴致不高，于是不再向你索取信息，而是礼貌地告诉你"好了，今天先这样，你回去等消息吧"。

深谙职场的老江湖自然知道这是什么意思，但是单纯炙热的愣头青说不定就会夜以继日地苦等，最后还会主动打个电话过去，涩涩地问人家，这么长时间了，请问，结果出来了没有？

三月桃花，两人一马，相爱即刻浪迹天涯；十年一念，身披铠甲，不爱当断我心牵挂。

3.

忘却一个人，往往需要开始于确定无疑的没戏。

一个年纪只有十六七岁的读者，最近失恋失得死去活来。

说好了她去墨尔本读书，男朋友会等她回来，但跨国恋才持续一年多，她就被分手了。这是小姑娘的第一次恋爱，如五雷轰顶。

她说自己压根过不去这道坎，所以就管不住自己无止境地骚扰纠缠，说："分手可以，你必须给我一个理由。"男朋友就说："因为两个人相隔太远，家里人不同意，不想耽误她。"

这么一说，男朋友竟然是被逼无奈的，也是受害者。于是她马上哭着说："只要你还爱我，我可以为你回国，不去读那什么贵族学校了。"男的一愣，支支吾吾说："还是算了吧。"

于是，她把分手归咎于距离与父辈干涉，心有不甘，彻夜失眠。她说："小轨姐，我想不明白，为什么两个人明明还相爱，却偏偏要分开？"她悲痛欲绝地表示："什么时候能走出来，什么时候来找我打卡。"

就在今天上午，小姑娘来找我打卡了。

原因狗血又简单，她从共同朋友的朋友圈里看到男朋友搂着新欢笑得阳光灿烂，人家俩人在一起也不是一天两天了。

那一刻，她不但没有难过，而是彻底地释然。为什么不早说，原来是劈腿啊，这样的男生还让我心心念念，真不值。

没有谁脆弱到离了你分分钟就要撒手人寰，没什么事儿不能心平气和地好好谈谈。

没有人需要你粉饰太平的心软也没有人稀罕毫无希望的纠缠。

如若不爱，请先斩断。

4.

再牛的女人，也逃不过人生里的一次爱着爱着不爱了。

张爱玲当年爱胡兰成爱得比谁都偏执，比谁都卑微。典型的是，明明是你先闯进来，到最后却成了我不肯离开。

她知道苏青和胡兰成的一夜情，不以为意。她猜测胡兰成的侄女有点喜欢叔叔，也不在意。胡兰成就觉得，张爱玲这女人，十分好哄，只要自己还搭理她，她就会无底线地原谅。

甚至于许多年后，张爱玲在国外堕胎，四个月的胎儿从马桶被冲走，她想到的却是以前她和胡兰成在一起的亲昵场景。

即便是这样如火如荼的爱，也有看清楚的那一天。

她千里去温州见他，却看到胡兰成与房东太太暧昧。她对他说自己因他痛苦，他微笑着回应，你这样痛苦，也是好的。

那一年，张爱玲身体消瘦，靠喝西柚汁维持，痛苦就像手表，在枕边走了一夜，又一夜，她终于明白了"他完全不在乎我的死活，只保留他所拥有的"。

诀别时，留下一封信。

"我已经不喜欢你了，你是早已不喜欢我了的。这次的决心，我是经过一年半长的时间考虑，彼时唯以小吉（劫）故，不欲增加你的困难。你亦不要来寻我，即或写信来，我亦是不看的了。"

而后决绝离去，自此任胡兰成以何种方式与其联系，都无济于事。

你若不再给我毫无意义的期待，我必不会一生执迷没入尘埃。

拒绝不爱，言辞可以委婉，但态度绝不可隐瞒。

你若尊重一个人对你的真喜欢，就不会用暧昧去让她终生沦陷，更不该用心软去滋养一个人爱你至深的习惯。

毕竟，这一切，至少可以交给时间。

一瞬间如释重负，一回头心如刀绞

记住一个人，比忘记一个人更难。

1.

周末一个女读者问我："轨姐，你说为什么人人都知道鸡汤有毒，还要天天上赶着非喝不可？"

果然这些人并不是来问我要答案的，还没等我回答，机智的她就马上说："我告诉你吧，这就像，喜欢一个人该犯贱还是要犯贱，被甩的时候，该跪求还是得跪求。人人都知道'听过很多道理，但依然过不好这一生'，但人人都需要这些道理去支撑自己活得有希望。"

她给我讲了一个故事。

老公走了以后，她不哭不闹，连着五年，她给他的QQ邮箱发邮件，然后再偷偷登陆他的邮箱一个个点开，每次看到"已读"两个字她就开心得不得了，直到她妈妈患肺癌，躺在她怀里撒手人寰。她坐在路边号啕大哭，那一刻她才明白，原来，死了就是死了，分了就是分了，这些年自己近乎变态的骚扰与缅怀，不过是一个悲情女人自欺欺人的孤独游戏。

她终于给自己的失去，彻底画上了一个句号。

你觉得念旧情是在表达自己崇高的矢志不渝，事实上，你所有的挽留，都只不过是一种自我救赎。

2.

我爱了一个人，很多年。

当时分手的时候，他说："你就当我死了吧。"我笑着说："行啊。"

那一瞬间真觉得如释重负，因为我们相爱的最后一个年头里，两个人相处得味同嚼蜡，懒得在一起做任何事情，还要顶着恋人的帽子一起去吃饭、看电影、见朋友。

但是，分手后，他能做到真像死人一样不再联系我，我却做不到真当他死了一样不去牵挂他。他像一个鬼魂一样幽居在我的胸口，总是在我夜不能寐的时候踩在我心脏上四处溜达。

静下来的时候，总是想不通我们为什么会爱着爱着就不爱了，毕竟，在一起的这些年，彼此之间都并无过错。所以分手后的一年里，我总是忍不住时时想起他的好。

这期间总是我假装无意联系他，总是在某个不经意的间隙想起他，也会在冗长的梦境中梦见他，看到一棵奇怪的榕树会马上拍下来发给他。

所有的话题都是我来挑起，所有的挂断都是他来提出。

直到有一天，我偶然间打开他的博客，看到了他激情高昂地在另外一个姑娘留言板上聊天。原来他并不是沉默高冷、生无可恋，只是对我们的爱情再无期待。

那一刻，对他最后的幻想瞬间灰飞烟灭。

先是把他的备注从昵称认认真真改成全名，突然又觉得又不够彻底，于是手起刀落删掉了他的一切。这个动作真是神奇，自此真就失去了再去犯贱找回他的任何欲望。

很多年之后渐渐明白，我们当初的死不放手、频频回头，原来只是在宣泄我们自己的不甘心，我们只是不愿意接受这样一个事实：我认真付出了感情，而只得到了这样一个结局。

3.

很多人都在告诉你，爱上一个人只需要一个瞬间，忘记一个人却需要很多年。

其实，忘记一个人，有时候也只是一个瞬间：写完一封信，突然不想寄给他了；重新看了一次两个人一起看过的电影，突然做不出那个把脑袋歪在他肩膀上的动作了；发朋友圈动态不再想引起他的注意，而是突然想把他屏蔽掉了。没什么轰轰烈烈的原因啊，就是突然觉得不爱了。

爱可以毫无缘由一往而深，不爱也可以戛然而止两不相认。

王家卫在电影《重庆森林》里有句台词：其实了解一个人并不代表什么，人是会变的，今天他喜欢凤梨，明天他也可以喜欢别的。

很遗憾，你苦苦放不下的，只是那个曾经的人。

有时候对于一个人的怀念十分有意思，上一秒被什么东西触动到了，就觉得我终于想开了，你可以滚了；下一秒一个人待着的时候又触景生情，又不争气地想不开了，所以你能不能再考虑一下？

有人问我放不下一个人怎么办。

真有意思。

失恋本来就是一个世界性难题，搁谁身上都不容易走出来，你凭啥想爱就一往情深，不爱就全身而退。

所以，即便是我的输入法都记住了你的名字又能怎样？我的生活曾经到处都是你的影子又怎样？即便我跪下求过你吃我这棵回头草又能怎样？

时间面前，人人平等。唯一的不同只是忘记一个人需要花费的时间，一天，或十年。

我们早晚有一天还是要回归自我的支点，走出阴霾，斩断前尘，审视自我，重建新生。

区别只是在于，早一天，或晚一天。而那个曾经让你心心念念、

难舍难分的人，他的精彩生活不会因为你的牵肠挂肚、纠缠不清
而耽误分毫。

　　而且，总有一天，你会发现，记住一个人，比忘记一个人，
其实更难。

不爱你的人，比你想象中更不爱你

有多少傻子，死在你的不爱不拒绝里。

1.

一个读者，跟前女友分手有半年了，还总是隔三岔五深更半夜收到她的电话，说的全是一些有一搭没一搭的琐碎事。他问她是不是又想和好了；她说他想得美，就是找他说说话。

他说："我知道她不怎么爱我，但是不知道她为什么抛弃我又不肯放过我，所以忍不住又心怀希望地要对她好，奢望有一天她能回头。以前在一起的时候，半夜她想吃东西就必须要我马上去买回来，现在分手了，还是动不动就让我去给她买个冰激凌送过去，但是送到家门口，她只是从门缝里接过冰激凌，一脸傲慢地让我滚。"

他说他管不住自己犯贱，又实在不明白她到底为什么会这样。

我倒是认识一个这类型的姑娘。她非常漂亮，肌肤如玉，美目流盼，千娇百媚，笑靥如花，大长腿，典型的老板杀手。想包养她的男人成群，走到哪儿她都昂首阔步，懒得讨好任何人，也不怕得罪任何人，男人送他的礼物她都照单全收，但却不给任何人明确的信号。

有一天，她陪老板出去应酬，老板喝多了，一改往日的耐心与风度，然后在车里跟她拉扯起来，因为她强烈反抗，所以挨了一个耳光。刚好我开车经过，碰到她在路边哭，于心不忍，就送她回家。

路上听她委屈地哭哭啼啼。我就劝她，如果不爱，就最好别招惹，男人的喜欢没有多少是纯粹的，毕竟都是人，付出就会有所期待。

她说，是他们自己癞蛤蟆想吃天鹅肉，送个包包就想睡个女人，哪来这么多好事儿。

我说，你既然知道没那么多好事儿，那你为什么不干净利落地拒了那些不喜欢的人？

她说了四个字，待价而沽。

我钦佩她的直接，但也为她不明所以的傲娇而感到心酸。

2.

在很多车子的后备厢里面，放着一条车胎，也有的车子会选择把这条车胎悬挂在车屁股后面，跟着车子到处跑。

这条常见而不常用的车胎，我们称之为备胎。如果车子不出意外，备胎将一直静静地躺着或者悬挂着。

它重要，也不重要。它的存在，只是为了让人心安理得地上路，它有转正的可能，但却只发生在一个人没有选择时的选择。

爱与被爱的角色扮演本来就没什么公平可言，很多人生来就拥有傲视群雄的驾驶权，又有很多人因为不能自持的迷恋而不得不将自己推入了备胎角色的劫数中去。

无论你喜欢的那个人如何失意，无论他／她这些年周身经历了怎样的人选更迭，你却都不能成为他／她的爱人。备胎只能成为一个避风港，听人倾诉、抱怨，并打发掉暂时寂寞空窗的时光。

风平浪静后，你被遗忘；风浪再来，你再次被记起。

周而复始，璀璨只是一瞬，幻灭才是永恒。

一份不对等的感情里，你永远无法掌握主动权，只能任由你迷恋的人支配并驱使你的余生。

你以为不爱就不会打扰，你以为能想到你就是还有希望，你却不知道，人性本身的虚荣与贪婪，会驱使很多人不舍得拒绝那部分"虽然不喜欢，但是也说不上哪儿不好"的人。

3.

看过电影大卫·尼克尔斯的《一天》吗？

安妮·海瑟薇在里边有一句台词：我无法控制自己对你的难以忘怀，可是我对你的一切已经再也没有了期待。

有时候，人与人之间的关系还是需要适可而止，动了真心的人都明白舍弃的痛，但是能割舍下来并优雅告别的人，才是更懂得爱自己的人。

你的竭力挽留，你的生死相依，你的不离不弃，你的穷追不舍，对于一个并不爱你的人来说，特别累赘。

所以，千万不要等到那句"求求你，放过我吧"出口时，你才意识到自己如痴如狂的一厢情愿只是别人可有可无的负担，也不要再自欺欺人地去把别人偶尔撩你这事儿，当成对你"还是有点儿意思的"。

你见过有多少恋人是靠着想象的这点儿意思，就能幻化成白首不相离的终生陪伴的？

电影《了不起的盖茨比》里，男主角内心唯一的牵绊，是对河岸那盏小小的绿灯。因为在灯影婆娑中，住着他唯一的至高女神——已嫁为人妻的黛西。纵有万般壮烈却也抵不过缥缈一梦，盖茨比心中高不可攀的女神，只不过是凡尘俗世的一个物质女郎。

在菲茨杰拉德的笔下，有如诗如梦的一往情深，到头来却送给了看故事的人一个冰冷而心酸的真相——你倾尽一生不惜搭上性命换来的，只是她跟别人过上了跟过去别无二致的生活。

你伤心你的，你痛苦你的，别人该过什么日子就还会过什么日子。

为什么爱情里会有对的人和错的人？

对的人没有你此生无以为继，错的人没有你正好活得扬扬得意。

我们没办法让自己不去爱上一个令人怦然心动的人，但是却有机会优雅作别备胎的身份，换辆车陪你奔跑在路上。

相信我，不爱你的人，比你想象中更不爱你。

所以，千万别幻想，也别自欺欺人，你不是外星人，不需要谁接你回家你才能拥有属于你的人间真情。

浩渺广宇，人海茫茫，只要你肯打开自己，你就有机会碰见流动的盛宴。

然后，信马由缰地去做一个真正与爱为伴、奔跑在路上的人吧。

我真的不喜欢你了，你不用再躲着我了

我盯着你的头像问自己，删了你会心痛，但留着还有用吗？

1.

昨晚码字到了半夜 1 点，有个老读者，男的，在后台怯怯地跟我说，现在特想找人聊一下。我说该聊聊，我能一心八十用，万事不耽搁，想说什么就说吧。

他说："我用了整整两年，终于走出来了。分手后，我一次次犯贱，总想找借口跟她再说说话，吓得她想方设法地躲着我防着我，我觉得自己真够失败的，竟然爱一个人爱到能让她害怕。后来我狠狠心删了她一切联系方式。昨天她告诉我她要结婚了，我竟然都不难过了，还祝她百年好合早生贵子，没阴阳怪气，真心的。现在我终于不用再纠结今天到底该用什么话题打扰她了，也不用守着手机死等了，真好。"

我说："恭喜啊，终于拔掉了那颗早就该拔掉的智齿。"

放弃一个喜欢的人，不就是这种感觉嘛。

其实这个论断不是我的。

我大学时也死缠烂打过一个男生，谈了两年多，正经八百的初恋。这小子身如玉树，肤如古铜，静默冷峻如冰，一笑鸿羽飘落，少女眼中的标准帅哥典范。更要命的是，他还不是个花瓶，博览群书，写歌弹唱无所不能。

想拿下他的小姑娘排到了南下河，但是都怪我本事太大，所以他硬是被我拿下了。那感觉，啧啧，就像是癞蛤蟆吃到了天鹅肉。

但是，我知道，他没那么喜欢我，只是相比于其他选项，我最适合他。

这两年过的，想想都觉得没脸，跟伺候爹一样啊，但还是没躲过分手。毕业前的四月份，他说分手吧。为了让我接受这个现实，他还慈悲地给了我三个月的适应期，说这期间如果我扛不住随时可以联系他，但是丑话说在前面，一毕业我们还是得分。

第一个月，我装作并没有被分手的样子，跟同寝室室友聊起来还是我家那谁怎样怎样。但是一到晚上安静下来，我就忍不住给他打电话，想用两个人滚烫的过去来重新唤起他的热情。他每次倒是都安安静静听，然后劝我别多想了，早点睡吧，慢慢就习惯了，全然一副早就单方面退出的样子。

第二个月，我开始剧烈沮丧，颓废到一个月都没去上课，茶饭不思，一想到以后都要过没有他的人生，就感觉这辈子不会再好了。

我最好的闺密，口腔系的（不妨告诉你们，她就是《折腾到死》里的方小瓦原型），她有一天晚上跑来找我，看着我死不死活不活的样子，问："小轨，你拔过智齿吗？"

我说："废话，当然了。"

她说："想想刚拔完牙的那一刻，是不是觉得解脱了？但是接下来有好长一段时间，舌头总会忍不住往那个空空的牙洞里舔，一天无数次。放弃一个人，也是一样。"

我听完就感觉这话说得简直就是，一个大写的"精辟"。

2.

没错，这颗牙也许本来就不该长在我身上，可是只要他来过、笑过，哪怕只是陪我吃过餐厅的甘蓝馅饼，喝过一碗5毛钱的粥，也不可避免地给我留下了挥之不去的幻影。

我就只能像一条狗一样，摇着尾巴想尽办法在主子面前反复舔舐他留给我的伤口，试图让他念念旧情再考虑考虑。

可是，你这是要一个男人考虑什么？他爱不爱你这件事儿，还用考虑？

不管怎样，放弃一个喜欢的人，是一场谁也逃不开的修行。

理性的人强颜欢笑不再叨扰，感性的人一念过往化身孤岛。

接下来的日子，想起他说过的一句话，听到一首一起听过的歌，吃到一道为他做过的菜，所有这些都在分手后的那一秒，不得不被关进记忆的牢笼。

想离开的人巴不得赶紧按下 Delete 键一笔勾销，想留下的心心念念希望把这一切永世封存。

所有的回忆，会在他放弃你之后都变成刺，一想就疼，针针致命。

这个过程，像是一场单方面的炼狱。

谁劝也不好使。你说过段时间就好了，你倒是替我把这段时间过了啊？你知道我们之间都经历过什么吗？你爱过吗你就对我指手画脚的？你以为放弃一个喜欢的人有你说的那么简单？于是终日敏感抑郁，本来好好吃着饭，都能突然放声大哭。

但是，纵眼望去，芸芸众生，哪怕倾国倾城，哪怕富甲一方，谁又能保证此生只有得没有失？

3.

张爱玲不得不放下花红柳绿喜新厌旧的胡兰成；孟小冬不得不放下保妻舍她的梅兰芳；张幼仪不得不放下不顾她大着肚子硬要跟她离婚的徐志摩；徐志摩不得不放下虽有万般情谊但决意嫁给梁思成的林徽因……

这世界的情情爱爱，本就是有定数的大循环。有欠就有还，有舍就有得，不是你的，就是他的，不是他的，还会是别人的，不是别人的，又有可能还是你的。

纵使你有万般能耐，你也无法操控别人的自由意志。

对于一个去意已决的人，留给我们最大的命题就是，如何直面现实走出忧伤，而不是陷入反复舔舐伤口的自怨自艾里。

也许是我比较薄情，但是越长大越珍惜两情相悦，越老去越是觉得人生可贵，懒得去搭理讨厌自己的人，恨不得把有限的时间全部留给值得爱与懂得爱的人。

年少时，我觉得一生只够爱一个人，所以不遗余力地去把自己赌给一个人，可是等我觍着脸端上桌，客人却要说换菜。

后来长大，见识了分分合合，经历了伤与被伤，然后疲惫，然后冷静，然后明白无论我有多不舍，无论我有多心痛，所有人的生活都在不疾不徐地继续进行，除了我像个傻狗一样还在那儿刨窝哀号，没有任何人陪我在原地等。

于是开始认认真真经营自己，好让人生坚挺，努力让自己活得绚烂，不再给任何人机会不爱了还要看不起。

那天听说你要走，我盯着你的头像问自己，删了你会心痛，但留着还有用吗？

后来的后来，我适应了一个人的日子，也明白了两个人生，也许我做不到祝你幸福，但还是希望你健康平安。

所以，你不用再躲着我了，我真的不喜欢你了。

一心去撞南墙，还以为那是故乡

过去的永远都过去了，未来的日子还很长。

1.

收到一个读者给我写的一封长信，有关她喜欢一个助教老师的 583 天。

她说："轨姐，我看了你最近刚推的那篇文，人家没跟我玩暧昧，也跟我说得很明白，我们没戏。但我就是贼心不死，明摆着没结果，可我就是忍不住死皮赖脸地巴望着奇迹出现，这可如何是好。"

都说不撞南墙心不死，但为什么还是会有人撞南墙撞得头破血流也不肯回头呢？

一个 1992 年出生的姑娘，刚毕业那年入职到我所在的公司做编辑，看上去无敌乐天，漂亮自信，段子讲得比谁都溜儿，张嘴一笑五洲震荡。那时候，她喜欢一个男孩子，卑微地上赶了四年也没被扶正。

她说："那时候，一接他电话，我声音都在发抖。哪怕是在洗澡，也得光着身子马上跑出来擦擦手赶紧接他电话。这应该就是一生一次的真爱了吧。"

有一天她梨花带雨地来公司拿走了她最心爱的路飞抱枕，在路边明目张胆地一边烧一边号哭，不管谁去安慰她，都不管用，因为她爱的男人竟然毕业没多久就娶了别人。她说自己这辈子可能再也不会像这次一样奋不顾身、不计得失地爱一个人了。这是她第一次撞南墙，一直撞到他娶了别人。

四年后，她从公司离职回了老家，我去哈尔滨出差跟她再相逢，她身边多了一个成熟稳重的男人，会帮她提包，会纵容她在中央大街连吃 8 根冰棍，看上去各方面都不错，但总觉得哪儿有些不太对。

支开他的空当，她苦笑着说："轨姐，我快结婚了，跟他是相亲认识的，门当户对，没热恋过，心里头都住着人。"

我惊讶："你确定要这样的婚姻？"

她低着头说："我在这段感情中一直在权衡利弊计较得失，那我又凭什么要求别人去不顾一切地付出。"

当我们不再青涩，经历过撞上南墙的欲求不得，就学会了话不说满、爱留三分，兵动之前，不割分文。

而恰恰，你越聪明，爱越冷清。

2.

一个姑娘，独自在大理生活了三年，我一直以为她是单身。

直到她开口问我："小轨，如果已经结了婚，才发现是错的人，该怎么办？"

原来，这姑娘是已婚四年，跟老公分居三年，生了一个小娃娃，留在成都老家给男方父母带，因为不堪这些年的家暴和老公出轨，一个人跑了出来。

很多朋友得知此事，都气不过，急吼吼地劝，都这样了，你还不离等谁呢？

嗯，不离。

她不离的理由倒也直截了当，不是因为爱，就是为了自己。她说自己半生蹉跎嫁了人，孩子也有了，付出了青春，付出了身体，如果离了，损失更大。

没有人比她自己更了解自己的利益，无论她的坚持与决定看上去是多么"愚蠢"，但都有可能是她当下站在自身角度的最优决断。

我们不是当事人，没有人能知道事情的真相到底有怎样的隐情，以至于那些看似"高明"的意见只是理论体系的纸上谈兵。

真相中任何一个不为人知的细节，都会成为善恶逆转的惊天依据。

有一句这样的台词：

"人其实是愿意孤独的。人也是愿意死的。要不然为什么偏偏和最心爱的人作对，对眼前的一切漠然，而去注目永远不可期的事物？"

我们只是因为生而孤独所以偏执追逐、死不悔改吗？

不全是。更多时候，只是因为，彼之砒霜，我之蜜糖。

人对爱的边界判断不同，你眼中南墙尽是彷徨，我眼中彼岸四溢芬芳。

3.

有些人就是莫名给自己的爱情赋予了视死如归的使命感，坚持把爱情看成一个变量，把自己牢牢绑架给了已经付出的部分。

经济学上，把这部分叫作沉没成本。

前几天上映了一部文艺片，朋友兴奋地拉着我去看。那非同寻常的长镜头，晃得我差点吐了。

他问我，怎么了小轨，不舒服啊。我说是啊，恕我无能，实在看不下去了。他说，那咱不看了，走。我说，那怎么行，电影票都买了，才看了二十分钟，不看完多浪费啊。朋友想想也是，于是我们坚强地把整部片子都看完了。

这就是典型的"沉没成本"影响决断的例子。

很多人都会把已经付出的成本用作判断接下来如何行动的依据。

追一个姑娘都追了这么久了，花送了一堆，钱花了不少，现在退出就太亏了；我在这工作都五年了，虽然不喜欢，但是也积累了一定资源了，突然转行那真是可惜了；谈恋爱结婚总共耗费了我八年的青春了，现在发现他根本不是我想要的人，再去分手再去离婚，那就太不划算了。

有多少人，在生活中，只是因为前期太多的付出，而对现在赤裸裸的原则性问题硬装糊涂？又有多少人，非要把沉没成本当成机会成本，明知是错，依然还在执迷不悟地付出？

你要永远记住一点，过去的永远都过去了，但未来的日子，还长着呢。

4.

一心撞南墙不回头的人，常常有一种幻觉，越投入越难收手。

放弃"沉没成本"，对谁来说都是一个巨大的考验，从"沉没成本"的付出感里走出来，更是艰难。

之前跟过一个项目，初期投资人往里投了800万元，然后给出一年时间不计赔赚，给出三年的时间回本，说亏损如果达到1000万元时，就立即结束追投。

结果赶上行业大萧条，项目做了八年，累计投了3000万元，投资人连续赔了五年。每一次股东会，都要围绕着要不要结束这个项目而讨论半天，但是这个项目却坚持赔到了今天。主投资人不忍放弃"沉没成本"，所以越来越下不了手及时止损。

感情也是一个道理，你越是回首往事，越是顾念两个人在一起付出的大把时间与一去不复返的青春，你的理性决断就会变得越来越难。

况且，有时候，一个人一旦着手做一件长期无果的事儿，还特容易上瘾。

施瓦茨写过一本《选择的悖论》，里边有一个这样的论断也许能帮到撞南墙上瘾的人。

"快乐的人擅长分散自己的注意力，而不快乐的人会不断反思那些不愉快的经历，使得自己更伤心。"

有时候，可能真正让我们难以接受的，并不是残酷真相背后的客观结果，而只是我们一时的主观感受。

可曾听过张国荣的《洁身自爱》？

"求你不要，迷恋悲哀，示威怎逼到对方示爱，你好我好，你改我改，请勿忘记软弱只会惹人感慨。"

我们只有把精力放在改善现有关系，试着不去计较已经付出多少的分歧，才有希望认清，南墙是南墙，故乡是故乡，而后莺飞，而后草长。

多少隐忍，是你假装看不懂的情深

每个人都有一个不可告人的秘密。

1.

几个老同学休年假，一块儿跑到大理来找我玩，酒过三巡，大家聊起各自的感情生活，唯独当年的万人迷男神肖同学一直缄口不语。

后来实在逃不过群体发难，他咧着嘴笑说："我单着呢。"

在场的人顿时都蒙了，因为像肖同学这种难得的文艺范儿高富帅，这些年一直桃花不断啊。

他苦笑说："我一共正经谈了五任女朋友，都出国过了，现在嫁人的嫁人，孩儿妈的孩儿妈，我现在都跟姑娘们说，谁想出国，赶紧跟我谈恋爱吧。"

大家沉默半晌，有人问，错过这么多，是因为都不喜欢？

肖同学摇摇头说："也不是，喜欢过一个姑娘，唯一的一次怦然心动，但关系没挑明，她现在嫁人了，你们都认识，就是咱们班雯雯。"

"雯雯？你怎么可能喜欢她？你上学那会儿不经常带一帮兄弟为难人家吗？"有人质疑。

之后又是长久的沉默，半晌肖同学笑着说："你又不是不知道，年少时喜欢一个人，恨不得天天说她坏话，给她难堪。"

后来肖同学毕业后遇到很多人，之后滚滚红尘，多年再无交集。后来肖同学大喝一场后跑回去找过雯雯，两个人一起走过四下无人的街，并肩穿过对酒当歌的夜。肖同学说，那晚他俩都弄明白了一个问题，就是这些年总是时时彼此梦见，上学时候也都偷偷喜欢着对方，只是一个以为自己不是她认为足够优秀的男人，一个以为他有多讨厌她才会整天让她受尽为难。

多少年后谈起彼此的喜欢，一个已嫁为人妇，一个已手边有人，只能相顾无言，而后大哭一场。

有多少人，深爱一个人的方式只是，言辞上几度疏离，情感上却一再靠近。

若干年后，终于带着多年来不敢告人的初心鼓起勇气，千里踏寻。再相逢时，却已是"昔别君未婚，儿女忽成行"的强颜欢笑。

2.

《倚天屠龙记》里有一段看似平常但十分心酸的对话。

周芷若冷笑道："咱们从前曾有婚姻之约，我丈夫此刻命在垂危，加之今日我没伤你性命，旁人定然说我对你旧情犹存。若再邀你相助，天下英雄人人要骂我不知廉耻、水性杨花。"

张无忌急道："咱们只须问心无愧，旁人言语，理他作甚？"

周芷若轻声道："倘若我问心有愧呢？"

有些人的拒绝与冷漠，只是在隐忍心中不再可能的一往情深。

一个中年男读者，跟妻子感情一直不错，两人相恋五年，结婚三年，虽从未有过热烈，但一直琴瑟和谐。

只是最近，他突然喜欢上了公司新来的一个女员工，忍不住私下里跟新同事约了几次会，但每次都是当时欢喜，一回到家看到妻子忙前忙后就深感自责。

他知道一个对家庭有责任感的男人，应该如何去处理这件事。

于是他找尽各种幼稚的借口去跟女同事吵架，但每次斩断关系之时，自己又彻夜无眠、万箭穿心。

几经周折，他纠结在一段发自真心的婚外感情与一个毫无过错的家庭中徘徊良久，始终做不出一个"正确"的选择。

他说，没经历这段感情之前，他认为一个好男人就是要毫不犹豫地斩断暧昧，供养家庭，与妻白首，而且在这之前，他一直对偷人者深恶痛绝，但当事情发生在自己身上的时候，他陷入两难。

他问："我该怎么选？"

我说："无论怎么选，你只需要记住，一定要对自己的选择负责。"

很多人结婚生子后，生活开始放空，以为就这么不好不坏的，也能过完漫长一生，但这时突然有人闯入了你的生活，给你提供了另外一种爱情的可能，你恍然发现，半生恩爱也从未有过这种前所未有的心动，此时你当如何才能让自己岿然不动？

难就难，谁也决定不了别人在我们一生中的出场顺序。

此生最爱，不一定是初恋，也不一定是枕边人，无论你如何隐忍，真情都不会随风而去，多少年风霜加身，它只会被封存进你记忆的最深处。

3.

《廊桥遗梦》刚刚在美国上映时，国内媒体但凡提及这部片子，皆是一副生怕被这部"美化婚外恋"的片子误导众生的架势。

从小到大，我们多数人受到教育，就是集体意识里毫不犹豫地谴责婚外恋，同情被绿者，但是这部讲述婚外恋情的片子却让很多人看得热泪盈眶。

每个人都有一个不可告人的秘密。

一个已婚妈妈弗朗西丝卡，有家庭有孩子，从一个对美好生活充满憧憬的花样少女，一直熬成了一个每天沦陷于各种枯燥琐碎的家庭妇女，纵有万般无奈与厌倦，但都不再能随心所欲地与家人分享，这个时候遇上与自己情投意合的摄影师罗伯特，无可救药地坠入爱河。

走还是不走？

这种情况下，有人选择家庭，所以埋下心动，封锁一生；有人选择遵从内心，所以离开旧爱，去他的道德绑架。

片子中的女主角选择了前者。

她十分确信，"这样确切的爱，一生只有一次"，但是她也认为"他（她老公）一辈子没做坏事，他不该受这样的遭遇"，所以，她选择留下，避免整个家庭蒙羞。

多少年后，生命垂暮，她的真爱，将她送给他的链子、为她拍的照片、所有的信件、共进晚餐的留言，以及骨灰，一同寄给了她。

自此，他们拥有了彼此的一切，除了彼此。

这个时候，儿女们才知道自己看似一生平淡的母亲，曾经差点因为爱情抛弃了他们，他们更加知道，她为了这个家庭，做出了怎样压抑一生的牺牲。

当我们穿着道德的外衣置身事外批判对错的时候，却永远不知道，当事人在这期间到底做出了怎样的牺牲，经受了怎样的挣扎。

所有看似对错一目了然的事情，都没有我们想象的那么简单。

当不合时宜的真情突然闯进我们的平淡生活，就不得不把我们推进道德枷锁与家庭责任的挣扎中去，多数人会选择放弃内心回归家庭，这是幸，也是不幸。

因为，婚姻的本质是要让一个人幸福，而不是反人性。

很多过来人会告诉你，婚姻就是这样啊，跟谁过，到头来都一个德行，你觉得这个是真爱，也许只是一时冲动啊，新鲜劲儿过了就会发现，这些人，跟你从前经历过的人别无二致。

那些一旦得到婚姻就不再关心另一半感受的人，通常都会用这种方式劝你归降。

马尔克斯说，爱情是一种本能，要么生下来就会，要么永远都不会。

婚姻的路径，确实要从激情四射回归平淡似水。起初他能轻易地察觉到你的丝毫心迹，时间一长就容易对你的不开心充耳不闻，但是那些能够厮守到老的爱情，都在花费毕生心血矢志不移地经营。

而那些主动放弃经营，认为结了婚就可以万事大吉的人，很少能给你相守一生的幸福。

电影《花样年华》中，两个互相喜欢的人各自背负着人言可畏的包袱，尽管各自的妻子和丈夫出轨在先，尽管剧中周慕云和苏丽珍的情真在后，那又如何？

"如果多一张船票，你会不会和我一起走？"

不会。

一个不勇敢，一个怕流言，所以深夜雨巷，所以欲说还休，所以苏丽珍跑到周慕云住过的旅店一个人点燃雪茄，不抽，任由烟雾盘旋，只是为了感受他在这个屋子里留下的痕迹和味道。一个越洋电话打过去，不肯说话，只听声音，而后挂断。

一个人呆坐，泪流成河。

很多人，都会像剧中的苏丽珍、周慕云一样，宁可承受一个人独自在小摊馆前吃云吞的一生寂寥，也不敢打破一潭死水的婚姻往前再迈一步。

生活太悲苦，我们很难顺其自然地相爱，却又有那么多人，对我们进行着理所当然的伤害。

可能你当初的婚姻，只是因为没顶住世俗的压力而将自己潦草交付，可能你如今虽然父慈子孝家有仙妻，心里其实另有其人。

不用焦虑，不用自责，这些都没关系，没有谁拥有如此无憾的一生。

我们拥有的越多，就越明白什么是真正的错过。

当初我们没勇气，后来发现爱情已经不在原地。如今的你，无论怎么选，别人都没有道德绑架你的权利，但你一旦上路，记得带上责任，少说抱歉。

如果你选择打破，那就要做得淋漓；如果你选择错过，那就将他封存心底。

第六章

别总拿过去的悲欢，给自己的现在设限

青春那么短，砢碜给谁看

我们这一辈子，不怕大器晚成，就怕一生平庸。

1.

今天收到 Anna 发来的电子喜帖，一下震住了，Elle Saab 婚纱，游轮婚礼，这姑娘怎么这么有钱了？这婚礼阵仗奢华得有点太夸张了吧。

认真把请帖的新人合影相册看完，吓得我连大理那么美的落霞与孤鹜齐飞都顾不上看了：Anna 在什么时候变得那么瘦了，照片上的她美目流盼、桃腮带笑、肌肤胜雪，连女人看一眼都心头一颤，关键是身边的新郎根本不是个谢顶的老头啊，而是一个帅得像吴彦祖一样的混血大帅哥啊。

三年前我在北京认识 Anna 的时候，她刚离了婚。

因为 Anna 本就是在租的房子里结的婚，所以离婚后也没那么多繁杂的财产分割的事儿，只是从前夫租的房子里搬了出来。

晚上她喊我出来一醉解千愁，一杯下肚就开始号啕大哭。我定定地看着她，Anna 看上去臃肿得像一头可以遮风挡雨的熊，脸上的脂粉涂得跟个日本艺伎一样惨白而不均，一哭脸上的细纹像龟裂千顷的稻田一样瘆人。

　　Anna 当时在一个效益还不错的公司做 HR 经理，公司在准备上市，她每天都忙着熬夜加班，累得回家后像醉汉一般倒头就睡，之前心心念念养的花花草草都死了一地。

　　看到她这副样子，心疼得我当时就哭了，但还是忍不住问她："Anna，你什么时候把自己搞成这副样子的？"

　　离婚后的三个月里，她像个神经质一样反复思忖一件事儿，那就是，要不要放弃北京，滚回安庆。

　　所幸，她不但留了下来，而是以一种无敌开挂的状态留了下来。

2.

　　一年后，Anna 所在的公司成功上市，她对自己做了一套周密的投资计划，不仅量化了自己的时间管理，还为每个誓死要达到的目标制定了严密的执行标准。一年的时间，她体重从 130 斤跌到了 93 斤。一米七的个头啊，那是一种怎样风姿绰约的迷人修长。

　　三个月时间词汇量从 5000 突破 2 万，自学了法语和德语，还考了墨尔本大学的商学院。

　　那个混血小帅哥就是在读商学院的时候认识的，比她小 6 岁啊，疯狂追求她两个多月，订婚礼物是一辆玛莎拉蒂。

　　Anna 今年 36 岁了。

　　是不是想说厉害，是不是？

我反正是说了。

完全不懂这种绝地再生的女人哪儿来得这么大洪荒之力对自己进行了女神级的改造。

Anna 说起初是想追回前夫的心来着，但是日复一日的努力与坚持让她的身体与精神发生了白日狂欢式的变化，她很快就发现自己像个后来居上的尖子生一样不断地超越从前自己想都不敢想的标准。

后来一次巧合还真是跟她前夫碰上了。Anna 一看他那中年人标准的暮气之态，当时差点抽自己个大嘴巴，特怀疑自己当初是不是瞎，竟然上赶着对这样一个男人死缠烂打抱有幻想。

这早就不是那个男为悦己者穷的年代了，你为啥还在苦苦把自己绑在女为悦己者容的尴尬里？

一个女人，首先得把自己收拾好了，才会有悦你的人啊，你整天歇斯底里神神道道，谁看见了不得躲远点啊？

一生这么短，你这是要砢碜给谁看？

3.

并不是每一段感情都能至死不渝收获圆满。

张雨绮虽然经历了丈夫出轨嫖娼的离婚闹剧，但是却没有任何失婚女子的颓废与消沉，反而越活越好看。后来王全安出狱，她依然选择和平分手，"净身出户"勇敢告别过去，对于不忠的婚姻，宁可不要也不将就。

回归单身后，这个女人好似开了挂，四处环游感受大千世界的美好，变身健身狂魔塑造更加完美的自己，于是首次亮相戛纳红毯的时候就被外媒大赞成"最美东方新面孔"。

用完美的身段活脱脱地送了你们一条真正的美人鱼啊，就说有没有吧？

女明星们顶讨厌撞衫，但是啊，撞衫的时候其实有一方心里是超爽的。

因为撞衫不可怕，谁丑谁尴尬。

所以，一个女人，活着首先要学会爱自己，与其祈求男人，不如充实自己。

人生路，悲欢离合总无情。

少年听雨歌楼上，壮年听雨客舟中，每个阶段都有每个阶段的江阔云低、万种风情，何必傻啦吧唧地去跟自己较劲韶华易逝。

我们这一辈子，不怕大器晚成，就怕一生平庸。

别总拿过去的悲欢，给自己的现在设限

想要苦尽甘来，先去踏破苦楚。

1.

有一天晚上，后台同时收到了两个女读者的求助留言，看似不同的问题，但背后的伤却是惊人的相似。

第一个姑娘说，我下个月就结婚了，但现在却一点都不想结了。朋友介绍认识的他，一开始万般体恤，经常送花，甜甜蜜蜜海角天涯，但是双方父母把婚事儿定下来之后，他就不再那么上心了，我又开始怀念前任，感觉不会再爱了。

第二个姑娘说，我今年32岁了，近几年发现跟谁约会都感觉索然无味，一相亲就巴望着赶紧亮出双方条件，合适就处处看不合适谁也别瞎耽误事儿。临近30岁的时候，我还特别焦虑，轰轰烈烈爱过的人娶了别人；过了30岁之后，就开始理性得吓人，甭管遇到谁，都会从身体里跳出另外一个自己，各种顾虑、各种冷眼旁观。

我身边很多至今单身的人，都说只是因为年少时遇到了太惊艳的人。

但是，那些年纪轻轻就嚷嚷着不会再爱了的人，又有几个真得就无爱无恨终老一生？

你不肯割舍的内心戏太多，就容易把自己演成一个孤胆英雄，这个时候你着急忙慌接受的所有替代品，很容易就会沦为你左右为难的现如今。

有多少深情伪装，是因为不肯醒来的半生彷徨。

你不是失去了爱的能力，而是还没遇到可以唤醒你的人。

2.

大学时候的几个单身闺密，谈不上有多漂亮惊艳，但个个待人平缓，与人为善。

私底下我们建了一个小群，平常大家四平八稳地过着各自的悲欢，偶尔讲讲奇葩的相亲对象，说说各自不着五六的前任。

班花也在其中。

人人都知道她的心病。大学里一场超级登对的初恋，耗尽所有的喜欢。当时我们都对这对郎才女貌连连艳羡，后来却因为谁也搞不清的种种，班花跟初恋一拍两散。没有人看到她有多痛不欲生，只是自此眼中尽是这个世界的花开花落再与她无关。

两年前的一天，她在群里发了个大哭的表情。

有人急急问："怎么了？"

她说："梦见参加他的婚礼，还梦见新娘前凸后翘，长得比我漂亮，老娘伤心欲绝，活活哭醒，还以为早把他撂下了。"

　　班花虽然很少正经打扮，身边却从来不乏追求者。

　　一群姑娘参加的聚会，她即便特意穿得低调、说的话少，依然会第一个就被桌上的男人一眼注意到。这些年她也听从过别人的意见，试着交往一下啊，不试试怎么知道合不合适。

　　但广撒网式的试试，却没有能让班花顺利脱单。

　　有关系亲密的姐妹问她，就没有一个优秀能看过眼的男生啊？她摇摇头说，也不是，只是无感。

　　后来她突然受够了生活的了无生趣，索性就买了跑步机，每天大汗淋漓，在瑜伽垫上跳操、卷腹，进修法语。后来在一次国际交流会上，遇到了并不惊艳却让她深感舒服的现任。

　　后来有了两个人这样的对话。

　　"谢谢你，终于改变了我。"

　　"不是我改变了你，是你渴望改变在先，而我恰巧出现。"

　　真是范本儿式的重生。

　　如果你不能全新地打开自己，便感受不到四季变换的喜悦，也体会不到别人对你的热烈，这种情况下，即便是擦破五百条蕾丝小吊带儿，也很难收获让你踏实交付终身的真情。

　　斤斤计较结下多少怨，求而不得含恨多少年，最终的柳暗花明，往往都只能始于你自己先行放下与己是心安。

3.

已是前尘人，切莫故人心。

尼采说，与恶龙缠斗过久，自身亦成为恶龙；凝视深渊过久，深渊将回以凝视。

与前尘往事之间，谁也逃不开一场兵荒马乱。

很多人因为心里住着一个人，就从此非要找一个必须要像他 / 她的人。这种纠缠不清的执念，最容易让心有不甘的人上瘾。

但是，凡事不怕念起，只怕觉迟。

不是所有的念念不忘都会必有回响，你如果总是拿着过去的种种比对眼前人、身边事，最后受罪的，只能是你自己。

什么时候，你肯丢弃盛装表演的热情，你肯放下无休无止的猜忌，你肯离开一味索取的不着边际，你肯释怀无法掌控的有人来又有人离开，那么什么时候，你才能真正踏上一生被爱的坦荡征程。

有人会告诉你，是你的，不必争，缘分没到，等着就行。

让你等着就行，不是让你整天窝在沙发上暴饮暴食地等着，也不是任你六国兴亡八方风雨毫不在乎。半生蹉跎，需要一个明确的结束。

三十年众生牛马，六十年诸佛龙象。

想要苦尽甘来，先去踏破苦楚。

你一生总会失去一个至爱的人，但爱一个人的本能只会沉睡不会消亡。

4.

之前经历过刻骨铭心的失去。

先是各种撒谎骗假，然后窝在床上睡够了吃包泡面，吃饱了再回忆一下过去的种种美好，越想越悲伤，那就哭吧，哭累了就睡，睡醒了又饿，继而泡面，继而再胡思乱想，继而哭，继而睡，如此死循环一周。

各种耗自己，甩自己一巴掌说这样下去可不行，你得振作起来，但一想到从此"无人与我立黄昏，无人问我粥可温"，瞬间就心如死灰得很彻底。

直到往镜子前一照，形销骨立，悲伤噬骨。

听过卫斯理配额理论，生活中的一切都是有配额的。

当时觉得说得真对，一心认定我的真心配额已经用完了，从此肯定不会再奋不顾身，也不会再去疯狂地做一堆感天动地的事儿去取悦别人。

经历了一段时间的对谁都提不起兴致，后来玩命工作，一日三餐，勤勉为人，努力让自己比从前好看，努力让自己去积极地改变。

直到更好的爱，为我一个人奔腾而来，我恍然发现，依然会心动，依然会脸红，依然能感知到这个世界的种种美好。

顾城的《避免》中有这样一句话：

"你不愿意种花，你说，我不愿看见它一点点凋落。是的，为了避免结束，你避免了一切开始。"

　　没有开始就没有结束，要想从头再来，就别妄想只是傻愣着等待。

　　收起你是是非非恩恩怨怨的标准，去从改变自己开始开启有效等待，让自己具备结识优质异性的能力，让自己拥有择优拒劣的傲娇品质。

　　直到有一天，那些事儿你无须再向别人提起，自此你才真正把自己还给了自己。

你学不会与自己相处，那你就永远孤独

你用怎样的方式对抗一生中最难熬的时光，决定着你将来如何成为你自己。

1.

一个相识已久的姑娘，突然跑到大理来，据说这是她治愈之旅的第十三站。

她说，因为最近遭遇了各种不幸，被男朋友劈腿，被同事排挤，万事不如意，所以想出来散散心，晚上要我陪她去酒吧放浪形骸。

酒吧里，她喝了很多酒，还主动搭讪了一个人高马大的老外，两个萍水相逢的人狂热地抱在一起，她满脸通红地站在鼓手旁的台阶上朝着我挥手。凌晨3点搀着她离开的时候，她突然在人民路上放声大哭，整个人沉重得像是一头伤心的河马。

她问我："小轨，为什么我喝了那么多酒，结交了那么多朋友，走过了那么多地方，吃得那么撑，还是会感到孤独？"

我问她："你为什么要跑到大理来？"

她说："我太失落了，大家都说大理是艳遇之地，我想找找乐子，好让自己尽快从悲伤里走出来。"

我说，很多来大理的人都跟你一个想法，这里遍地都是心里有伤的人，所以到头来只是一个失落的人遇上另外一个失落的人，那还能有什么好？

每个人都会经历一个孤独难耐的阶段，来路不明，去路不清，百爪挠心，看不到希望。

但是，孤独和空虚从来不是一回事。

当你一个人本来好好地走着自己的路，突然跑出来一帮与你并不相干的人，趾高气扬地否定你选择的道路、攻击你脚上穿的鞋子，你感觉可笑又懒得辩驳，索性销声匿迹，这是孤独。

当你遭遇失意与失去，寂寞上头，于是彻夜网游，灯红酒绿，四处宣泄，寻求各种无济于事的极度消遣与白日狂欢，再或者草草用替代品去填充内心的失落，这是空虚。

孤独是理解不得，空虚是沉溺无果。

不要试图用空虚与寂寞来冒充孤独，如果排遣抑郁的方式不得当，反而会让自己走向加倍的痛苦。

2.

听过一个很伤感的故事。

一只叫 Alice 的灰鲸，它从太平洋跨越千里出现在大西洋，1989 年被发现，从 1992 年开始被追踪录音。在其他鲸鱼眼里，Alice 就像是个哑巴。

这么多年来，它没有一个亲属或朋友，唱歌的时候没有人听见，难过的时候也没有人理睬。

原因是它的频率有52赫兹，而正常鲸的频率只有15～25赫兹，它的频率一直是与众不同的。

这是世界上最孤独的鲸。

喜怒哀乐，无人去听。一生漂泊，无人能懂。

孤独不是没有同伴，而是身边那么多人，却没有一个人跟你在同一个频道上。

"我站着，两手插在口袋里，开始走，一个人，没什么特别要去的地方。"

卡尔维诺式的孤独，天大地大，心无所向。

"你可知道'茴'字有几种写法？"

孔乙己式的孤独，明知不被待见，却偏要去招惹。

有时候我们特别不明白，为什么会有人拿着同一件事儿在我们耳边来回地唠叨？这些人是听不懂别人的敷衍，还是看不懂别人的反感？

都不是。这些人因为太害怕自处，所以狠毒到连自己都骗。

3.
高中时班里有两个同学早恋，都是学霸，都颜值爆表，待人温和，家教超好，一眼看上去就是各种没得挑的门当户对。

后来俩人考上同一所大学，一好又是四年。这是我们那一届同学眼里公认的最好爱情，然而毕业后，一个考了卫生局公务员，一个出国，自此分道扬镳，旁人听闻后一片唏嘘。

　　分手后，女同学每天弹琴、写书、教英语，按部就班地忙碌。分手后的第四个年头，她给我讲了一件事。

　　每一年她的生日，他的微信签名就会变成一个生日蜡烛图像，虽然没写一个字，可她每次看到都会哭很久。后来他结婚了，有同学偷偷告诉她，那个新娘长得特别像她。

　　一年后，她终于也大婚，婚礼前一天她大哭一场，把他所有的社交账号全部删除，后来又忍不住无数次查找，却从不添加。

　　不久前，两个人恰巧相遇在同一个城市，之前两个人从来没有计较过谁先背弃谁，这些年也没有因为分手吵过一次架，更没有说过对方一句坏话。

　　男同学红着眼睛问她，那些年你一个人是怎么过来的。

　　她如鲠在喉，不知如何作答。

　　但当男同学将手机里一条一直存着却从没发送的消息拿给她看，她感觉那一瞬间释怀了她整个悲喜交织的青春。

　　消息的内容是，"任何时候你都可以给我打电话，我一直都在"。

　　每个人，都有可能需要去对抗分手后的孤独与落寞，都要面对一个如何自处的艰难课题，有人借用感官欢愉，有人要靠时过境迁，还有人果断选择另寻新欢。

但只有那些在分手后努力与自己握手言欢，拼命不让自己的放不下成为对方的牵绊的人，才最终得到了明媚的一别两宽两不相欠，并将孤独升华成了一个人的历练。

你用怎样的方式对抗一生中最难熬的时光，决定着你将来如何成为你自己。

4.

或许这个有些残酷的社会，不缺排挤，不缺攀比，不缺偏见，越来越多的网络暴力，越来越少的谨言慎行，造就了一种众人喧哗却鲜有人肯听的病。

很多网络中酷爱对聊的键盘侠，一转身就是生活中冷漠懦弱的路人甲。

那些无法自处的孤独者，试图伪装成城市英雄，四处造梦，想要惹人耳目，最后却在人潮汹涌中黯然湮没。

如果你总是逃避自处，不肯静下心来接纳自己、直面问题，而是一心寄望于五光十色的网络社交与灯红酒绿的人山人海，那么深夜一来，白日狂欢里的浪费与欺骗将给你带来加倍的伤害与绝望。

有个专业写影评的朋友，看完一部片子之后写了一篇影评，发布在微博上，不少人在评论区秒炸，骂他品味低下。

我仔细看完影评之后就十分震惊，忍不住在底下给他的粉丝留言："您当真看不出来这是一种高级黑吗？"

朋友这篇影评写得十分内涵犀利，看似没有赤裸裸地褒贬，但却巧妙地把影片中的硬伤反讽得温和有趣。而那些层次达不到的看客，压根看不懂里边的妙处，只是带着先入为主的偏见参与讨论。

一个人只要有观点，就会有敌人，高处不胜寒，无敌最孤独。

之前郭德纲关闭了微博的评论区，他的理由是，不想伤害别人。

关闭评论功能，别人觉得他懦弱，而他想的是，不想让自己的洪荒之力伤及无辜。

那些特立独行、桀骜不驯的顶级孤独者，通常都拥有惊人的自处能力。

不管你如何诋毁，如何看不惯，他们都充耳不闻，不屑回应，只是按照自己的节奏，心平气和地去努力改变寻常事物，悄然推进着人类文明的进步。

尼采说，更高级的哲人独处着，这不是因为他习惯孤独，而是在他的周围找不到同类。

孤独岁月里，你对自己所做的一切，都决定着你能否成为一个更酷的人。

我能上天入地做强人，亦可柔情似海深

多少强势，只是隐藏。女人只要遇到了对的人，就会宁愿藏起所有的锋芒。

1.

一个姐妹，圈子里有名的火辣女强人，34岁，家大业大，有过一段失败的婚姻后一直单身。

之前在北京相识时，她给我留下的印象全是手起刀落、血雨腥风。谈判起来据理力争，耍起狠来手撕鬼子，组装起家里的大件小件来一个人往地上一蹲就是一个下午。做任何事情但凡遇到困难，第一个反应从来就是自己想办法捣鼓，而不是向人求助。

最近她不知道抽得哪门子风，突然一袭旗袍袅袅而来，干净利落地定好酒店，租好车子后，不紧不慢地给我打了个电话，小轨啊，姐来大理了，有空出来喝酒吧。

她永远都是这样，讨厌别人动不动就去给她添麻烦，所以也从来不去给别人添麻烦。

通常其他朋友要来玩，提前几天就要你接机，定酒店，天天陪吃陪喝陪路线，还会把这一切都看作是"有朋自远方来"的理所当然，而她，什么都不用。

一个人干净利落出来度假，说自己最近恋爱了，特意在热恋期一个人跑出来体验一把小别胜新婚。

饭桌上，她先是接了个工作电话，没说几句就脸色大变，张口就是杀气："别给自己找那么多理由！你是第一次做报表吗？这都能错？今天甭管改到几点，什么时候做完，什么时候发给我，我早晚都等着你，但别想拖到明天。"

接着第二个电话，画风大变，她嗲声嗲气地说："刚到啊，跟朋友吃饭啊，想啊，怎么不想，乖啦，不几天就回去了，嗯嗯，么么哒，拜拜……"

当场听得我笑她说："姐，你这精神也太分裂了，谈个恋爱也不能失了气节啊。"

她哈哈大笑，说："小姑娘不懂了吧，女人就得活得刚柔兼济，你要真喜欢一个人，他就是你的软肋，一看到他你就想小鸟依人，完全没辙，但如果他真要是摊上事儿了，姐分分钟就能身披铠甲为他杀敌三千。"

这真是个奇妙的法则。女人一旦与真爱交锋，她不但会变得更加弱小，也会变得更加强大。

聪明的女强人是一种异常万能的人间尤物。一回家就要忙不迭地卸掉戎装示弱卖萌，一遇上事就会为心爱的男人一马当先、披甲冲锋。

2.

感情需要不断地磨合修正，也需要彼此忍让适当牺牲。情商高的女强人，从来不会傻到一心只想着臣服或掌控。

最近看了几部剧，联想到之前看过的几部电影，发现了一个有意思的趋势，荧屏新宠不再是总需要被男主角不断救火的傻白甜，而是一个内可千娇百媚，外可以一敌百的高情商女强人。

热剧《权力的游戏》《幻城》，热血电影《古墓丽影》《超体》《本能》《怦然心动》，越来越多的剧与电影在表现女性光辉。

或能打，或心思缜密，或极度冷血，或看似野蛮，却一律赤胆忠心昭昭可见，女性角色承揽了更多的坚韧，男性角色开始被爱与武力包围。

有人调侃说，《权力的游戏》已经变成了一部"女人的游戏"。

这部剧的精彩之处，就是谁也别妄想拥有主角光环，尤其是男主角。当你刚刚小心翼翼地确认，这个应该就是真正的男主角了吧，马丁就会毫不客气地把他写死。

而那些志在江山与指点江山的女人，个个越活越强大。

每一部剧与电影塑造的女强人，个个刚柔兼济、心思缜密，却个个逃不过一个情字。

《权力的游戏》中龙妈深闺中与马王卓戈床笫之间情谊缠绵，转身就为复兴大业杀人不眨眼；《幻城》中的梨落对王子卡索一见倾心一生追随，自此容不得卡索经受半点伤害，否则人挡杀人，神挡杀神；《怦然心动》中的小朱莉对小男主角一见钟情，上去拉着人家胳膊不撒手，多少年后依然不屑旁人流言持续以送鸡蛋为幌子明送秋波……

这些剧中的女人，个个野心勃勃，个个情深义重。

班昭写的《女诫·敬慎》中，这样定义古代人眼中讨人喜欢的女人："阴阳殊性，男女异行。阳以刚为德，阴以柔为用，男以强为贵，女以弱为美。"

现如今，好似柔弱不再符合现今的审美，万年老好人只能人善被欺，当女人不仅要在家围着锅碗瓢盆，还要在外奋力打拼时，她就不再屑于取悦，要是被惹毛了那我一言不合就上天。

女人的强势无可诟病，关键是要遇到一个能收了她的男人。

梨落只对王子卡索俯首，艳炟一心护樱空释周全，龙妈唯独取悦马王卓戈。

一个与女人心意相通的男人，无论女人表现的是强是弱，都能准确获取女人真正想要传达的正确信息。

3.

汉菲特博士在《爱是一种选择》一书中提出：在问题家庭里，所争执的是主动权。

但是，过日子不讲究谁压制，而是一种互相爱慕的生活状态。

电影《我是女王》中，宋慧乔和郑元畅有段对白：

"女人太强，男人是不敢要的。"

"女人太弱，男人就不会珍惜。"

脱下高跟鞋，把家里的柴米油盐打理得井井有条是弃强示弱；想着男人在外的奔波苦与遥遥无期的房贷，安置好家里的一切后转身回到公司正装征战是收弱复强。

这是一个女人爱一个家最平凡的方式，也是一个女人爱一个家最炙热的方式，进退有度，刚柔兼济。

《道德经》说：以天下之至柔，驰骋天下之至坚。

多少强势，只是深藏，女人只要遇到了对的人，就会宁愿藏起所有的锋芒。

自此，明明可以下百川王天下，却只想站在身后默默保护他。

哪怕一身是伤，也好过心如死灰的漫长

只要你还在路上，终究就还有希望。

1.

昨晚一个成都的读者说，他刚刚跟媳妇离婚了。他媳妇爱上了别人，并向他坦白。他主动提出和平离婚，他媳妇不肯，除非他把房子和存款都给她，否则就不离，他应允。

我惊讶，如此悲壮，心甘情愿?

他说："嗯。我媳妇是我在大学里花了四年追回来的女神，她喜欢买买买，而我家境贫寒。为了给她想要的，我干了三年远洋航线的海员。每次在海上一漂就是九个月，每天解桩带缆，在45摄氏度高温的船舱里感受想家的孤独，等我带着大把的现金回家时，却看到了一张形同陌路的脸。"

这个读者今年38岁，在一个多数人已经打下半壁江山的年纪，选择了扔掉一切从头再来。

有时候，你并无过错，但你却不得不去承担一个不太公正的后果。

很多人都能坦然面对少年穷，也有很多人有着不服再战的凶猛，但越来越少的人，拥有从头收拾旧山河的勇气与从容。

因为害怕来不及，也因为对岁月洪流带走的物质与机会充满了患得患失的恐惧。

我高一高二两年一点没学怎么办，我落下了一次重要的培训怎么办，我如果怀孕失去晋升机会怎么办，我如果失去他找不到更好的人了该怎么办，我离了婚没人要怎么办，我好几年没出去工作跟这个社会已经脱轨了只能跟一帮黄毛丫头拿一样多的工资怎么办，我再怎么努力到头来依然失败怎么办？

"当五百年的光阴只是一个骗局，虚无时间中的人物又为什么而苦，为什么而喜呢？"

我上初中时，就看过今何在的《悟空传》。

读到这里的时候我不禁热泪盈眶，那个时候我就知道，不是所有的事情，都可以天道酬勤。

这一生最傲然的成熟，不是百历磨难终认输，而是明知是苦，还要付出。

2.

即便你已经吃尽苦头，但是也无法阻拦前路万难，每个人都知道唯有奋起才能得一线生机，却有大把的人籍籍无名地败在了半路上。

"大圣，此去欲何？"

"踏南天，碎凌霄。"

"若一去不回……"

"便一去不回！"

如何做自己？我们一直在跌跌撞撞地前行中寻找方法。

对孙悟空而言，西行之路看上去光鲜，但看戏的人都明白这是一场一手遮天的流放。孙悟空在认认真真地打怪升级，也在认认真真地实现人生理想，到头来却发现，它只是在用五百年的光阴得到一个残酷冰冷的真相。

小时候每个人都对这个世界充满着无尽的幻想，那时候人人都相信失败是成功之母，但是却没人告诉过我们，到底要集齐多少个失败才能召唤到成功之母。

老师说"好好学习，天天向上"，我们以为照着做就能出人头地，但是实践一再证明，人生之路并非一帆风顺。

有人说你现在的状态就差不多了，"在人间已是巅，何苦要上青天"啊。

但是你早已见过沧海大美，就难平虎落平阳的失意，只有你自己知道，为何要如此这般执拗地与平庸为敌，再次挥鞭打马绝尘而去。

我们本就生活在一个复杂多变的世界，本就生活在一个充满了太多无可奈何的世界里，但你唯有直面人生，勇敢面对，唯有接纳车马劳顿后依然一无所获的可能，才能坦然上路赢得更多的不可能。

3.

很少人知道，梅兰芳其实是不世出的京剧表演艺术家。

8岁时，梅兰芳向家里提出拜师学艺的请求，于是开始物色老师。他要学的是旦角，唱、念、做、打，都要模仿女性。

刚开始，梅兰芳入门很慢，一出戏师父教了很长时间，他还没有学会。师父就跟他爸说，这孩子不行，不是唱戏的材料，还长了一双没有神的金鱼眼。旦角里，眼神是非常重要的。

梅兰芳哪能服气这个，自个儿练，练嗓子，一段词练上个二三十次，练眼神，紧盯着飞行的鸽子，猛瞪着水中游鱼，直到有一天，"眼睛会说话了"。

后来，梅兰芳从一个"不是唱戏的料子"变成一代名角，终成一代宗师。

很多人可能一开始就不太看好你。

从你出生，就可能有了非议。有亲戚瞥了你一眼说，这孩子长得真丑。

后来，你选择了心灵美的贤妻，他们不看好你的女人；创业失败后，他们不看好你的能力。

每当要无惧失败再次尝试，他们会劝你，消停点儿吧，都这把年纪了，明明是棵草就别装参天大树，那种富贵日子不是你等配得上的。

他们感觉自己做不到，就会相信你也做不到。不要试图找这些人口舌辩论要个说法，把嘴闭上，金戈铁马地去战斗，他日荣耀归来，摔他一脸狗屎。

有人说你不知深浅，是因为这辈子他都没见过山巅。

但曾经沧海的人，宁可遍体鳞伤，也不愿一生彷徨。

只要你还在路上，终究就还有希望。

4.

2014 年的时候，关系亲密的朋友都知道我经历了一场突如其来的劫难。

我把新买的车借给了一个朋友，他又背着我借给了朋友的朋友。这位朋友的朋友酒驾上路，出了一起重大车祸，因为车子是我的，我要负连带责任。

于是，我在北京四年间的血汗积蓄一夜间化为乌有。

我当时万念俱灰，几乎完全失去了从头再来的勇气，经常半夜哭醒。

我不知道自己究竟做错什么了竟会遭遇这样的惩罚，满脑子都是"这就是命啊，拗不过的，还是滚回家找个人家老老实实地嫁了吧，当什么女强人啊，拿着青春背井离乡地努力四年，还不是被岁月洪流一巴掌干翻"。

后来，我真的回老家了。

沉默寡言，不敢出门，怕邻居碰上我会戳我脊梁骨，说我一事无成滚回来了，还会拿着我这样的反例去告诫他们的孩子，别一天天净以为大城市好，到头来还不是要滚回老家。

再后来，我挥师南下，在一家互联网公司做企划运营总监。后来的后来，我辞掉高薪工作，推掉诱人的期权，迎着各种质疑与非议决绝地开始全职写作，连我妈都担心我不上班整天趴那儿写作会穷到喝西北风。

但当我花两个小时写出的故事就轻易地卖出了价格不菲的影视版权；当我无论写小说还是写随笔马上就有几百家大号疯转；当我把写好的书稿交给出版公司时不再是小心翼翼地问这样可以吗，而是不卑不亢地从容选择……我妈不再三天两头打电话担心我饿死，多年不联系的朋友也都冒出来主动问我是不是火了，哥哥不再支支吾吾地介绍自己的妹妹无业。

在这之前，没有人知道你咽下了多少委屈，没有人知道你经历了多少寂寞，没有人知道你决定从头再来的那一刻究竟鼓起了怎样绝地求生的勇气。

有人跟你说命中注定，也有人说你压根不行。你不必咬牙切齿地急着证明，也无须在流言蜚语中假装百废待兴。

重生之路，就是需要承担从高处跌落的风险，也要经受住徒劳无功的千锤百炼。唯有不断反抗，去一次次耐受住别人对你的非议，去一次次忍住徒劳无功的寂寞，你才能踏出一条人迹罕至的路。

自此，如戴荃《悟空》中所唱：

"踏碎凌霄，放肆桀骜，世恶道险，终究难逃。这一棒，叫你灰飞烟灭。"

当你手中有剑，就不再计较亏欠

你执念于别人的亏欠，而亏欠你的人绝对没有空儿等你。

1.

欣主任今天在群里突然兴奋地通知我们，她又怀孕了，二胎。

欣主任现在每天跟她的丈夫在昆明的一个别墅区里过着羡煞旁人的甜蜜日子。但就在五年前，她还歇斯底里地哭着给我打过电话，说她必须复仇，她会不惜一切代价地把浩子搞残。

欣主任当时跟我就读于同一所医学院，是我们学校出了名儿的长腿美女，天生丽质难自弃，回眸一笑百媚生，虽追求者众，唯独浩子成功抱得美人归。

浩子追女人的方式那也是一绝。

在沙滩上大摆玫瑰烛光阵，在演唱会上当众把自己为她写的歌唱给欣主任听，彻底攻陷了一个女人波光粼粼的虚荣心。欣主任大为感动，于是陷入热恋。当时给我们看得，深感冷冷的嫉妒在脸上胡乱地拍。

但是不出半年，家境优越的浩子出轨了。

欣主任质问，浩子便不屑一顾地承认，自己早就对欣主任没感觉了，并顺势直接提出分手。一直高高在上的女神突然被男友瞬间"碾轧"，欣主任哪儿能接受这样的事实，歇斯底里地发难与诘责：你都见过我父母了，突然劈腿你让我怎么跟家里说……

一向气若幽兰温柔可人的欣主任无论怎样挣扎，都只是换来浩子加倍的羞辱与厌弃。欣主任由怨生恨，觉得这个男人玷污了她整个青春，于是计划找人搞残这对狗男女，行动计划定在离校前的最后一天。

付诸行动的前一天，在图书馆看到了眼睛红红的欣主任，她愣愣地向我确认，只要能教训浩子一顿让他知道劈腿的下场，就算搭上自己也是值得的，你说对吧？

我说，你要是真厌恶他，还不如努把力，让自己去一个更好的地方，这样他就能永远消失，跟死了差不多。

后来，欣主任的鱼死网破计划没有实施，而是发愤图强，博硕连读，一鼓作气嫁给了大她3岁的著名律师，丈夫如溺爱孩子般疼爱她。两人一个现在是昆明某三甲医院的著名科室主任，一个是享誉中外的名嘴律师，受人尊重，有名车豪宅，也马上迎来第二个宝宝，而那个浩子，没有人知道他的境况。

当你又瘦又好看，钱包里又有钱，你哪儿还顾得上纠缠什么前尘往事恩恩怨怨，你巴不得将有关这个人的痕迹全部抹去一笔勾销。

2.

童话结束了，别巴望着还有彩蛋，也不要随随便便就让别人听到你没完没了的怨念。

与其哀求别人心软，不如奋力让自己尽快高不可攀。

我刚到北京时，23岁，在一个集团公司的分公司做市场部经理。

有一天集团公司突然调过来一个分管副总韩总，一个精瘦的高个子男人，然后我就经历了人生有史以来第一次人事斗争。

给我们部门开会的第一天，他就毫不客气地说，从今天起，市场部所有的事情到他这儿截止，不允许任何人越级上报，更不允许任何人向公司反映问题，如果我们有任何困难，就统一汇报给他，由他酌情处理。

一开始我有点蒙，这下马威来得怎么没头没脑的。

后来我才知道，因为老板之前直接找我沟通工作习惯了，所以他刚到的时候，老板还是直接给我发了邮件，我回复的时候，就直接回复了老板并抄送了韩总。

就这一件小事，让权力欲高度旺盛的韩总马上认为我这个丫头片子不好管，所以他就开始谋划换将，想办法从我手底下提新兵将我取而代之。

仅仅一周，我们部门就相继走掉了三个人，我开始变得焦虑。

无论我汇报什么工作给韩总，他都不冷不热地让我放着，不说好也不说不好，我再问他，他就爱答不理地不回邮件也不回信息。直到截止日期到了的时候，老板问他为何还不交活，他就赶紧反过来骂我没有责任心，说我故意不提醒他不催促他，然后安排行政部写公示在公示栏里点名批评我。

那段时间，我整天焦虑得失眠，半夜还会哭醒，年纪太小又不知道该如何是好，只好决定辞职。

就在我辞职信写好的当天，我发现邮箱里躺着老板的一封工作邮件，我犹豫了一下，用一个小时把网站的改版计划做了出来，并给老板做了一个网页效果图发了过去，同时也抄送给了正出差在外的韩总。

五分钟之后，老板把我叫到办公室，看着我生无可恋的愁容，一下笑了出来，说："小轨，给你换个分管领导你看行吗？"

这场人事斗争的结果是，韩总被调没了，而我成了公司的市场总监。

当时不明白原因，后来才知道，公司突袭检查了工作邮件，发现韩总邮箱里躺着我所有的邮件，都显示未读，并且同样的工作邮件，老板发给韩总，一个月都推三阻四音讯全无；发给我后，我却用了一个小时就给出了令老板十分满意的方案。

无论在任何阶段，你都会遇到一些不欣赏你、看不惯你的人，庸才看不惯出挑，弱者受不了霸道。

不管你心有怨恨，还是抱怨不公，但是到头来真正的公正，终归要靠"实力"二字来说话。

唯有苦练七十二变，才能笑对八十一难。

3.

别人亏欠你的所有，都将在你逐日变好的岁月里加倍偿还。

每个人奋起的原因不尽相同。

有的人是想通过努力强大报当年的一箭之仇，有的人是想不辜负家族的期望让亲人过上好日子，有的人是因为不甘心输给一个从小就看不起的人。

努力不是为了比较，而是为了将来有朝一日不让自己失去选择的权利，是为了让自己将来不至于为了谋生，而选择了自己并不喜欢的生活方式。

4.

有一次，回老家。

一个邻居家的小女孩珊珊，一眼就认出了我。她愁容满面地问我："小轨姐，我能不能跟你谈谈？"

我当时扑哧一笑，一个十几岁的小孩，得有多么天大的事儿，能把她愁成这个样子。

于是领着她去了我家，她把事情讲给了我听。

原来珊珊今天初三毕业，模样虽然好看，但学习成绩很差。家长催她毕业后赶紧滚回家帮着家里卖猪头肉，但是她想去技校学化妆。

珊珊从小就喜欢打扮，但是班上的老师和同学都讥笑她，看不起她，同学家长怕她带坏别人都不让她跟自己孩子玩，说她整天打扮得妖里妖气的，一看就不是正经女孩。连她爸妈都说她整天不学好，"技校都是些什么孩子才会去的？不准去"。

珊珊说着就哭了起来，她说自己是真心喜欢化妆，说完就把一本杂志拍到我面前，指着一个个明星，将她们的脸上的妆容一一讲解给我听，什么平眉、咬唇妆，各种化妆术语听得我大为震惊。

她说，她之所以来找我，是因为她爸爸妈妈整天拿我当鞭策她好好学习才能挣大钱的楷模，于是她想让我当她的说客。

当天晚上，我陪着她去见了她的爸妈。

年前回家的时候，我妈跟我闲聊起来。

"啧啧，真看不出来，小丫头珊珊还挺厉害的，参加了一个什么全国的化妆大赛拿了一等奖，光奖金就10万块，现在车子也买了，每天忙得见不着人，大家都说珊珊现在给大明星化妆了，很多小姑娘都打听了珊珊的学校也学化妆去了。"

卡尔维诺在《看不见的城市》里说，想要看清楚地上的人，就应该和地面保持必要的距离。

你跟垃圾人群待够了，可以，那么首先你得让自己跟垃圾人群远远地区分开来。

人生路，就是这么匆忙又直接，残酷又公平，放下就是最好的复仇，上路就意味着更好地拥有。

你执念于别人的亏欠，而亏欠你的人绝对没有空儿等你。

但当你手中有剑，你就也不再屑于去计较亏欠。

爱恨不过百年，别再对我抱歉

真正的放弃，便是悄然无声的深藏。

1.

一个读者说："唉，小轨，我终于能来找你打卡了。"

她说："那个男人为我画过 100 张素描肖像，从初相识的一脸傲慢，到第一次忍俊不禁的一笑淡然，我以为这就是一个人的真喜欢，但他一转身就娶了别人，婚后还要跟我暧昧，说无论发生了什么，我都是他这辈子最重要的女人。我在结束这段关系中经历了太多半夜哭醒，忍了十天的不再联系，却被他十个字的一条信息瞬间叫醒。后来，我忍痛删除了他所有的联系方式和所有的聊天记录。自从不再联系，昨晚睡得真好。"

怎样才算是真正放下一个人了？

我七月毕业，四月跟大学男朋友和平分手。这三个月里，寝室里的人都惊讶于我的冷静，说我看上去简直毫发无伤。

一个人以后，我坐着公交车把我们一起去过的地方全走了一遍，吃早饭的时候依然会孤零零地坐在我们以前经常坐的位置，下楼打水提着暖瓶跟他擦肩而过的时候故意假装没看到快步走掉。

他离校那天，把我叫到楼下，说要还我词汇书。我呆立着接过，吞吞吐吐地问他要不要吃个散伙饭？

他点头说好，我满心欢喜地回到寝室什么都不做，一心等他跟我约时间，但却只是等来了一条他的短消息：对不起，我走了，上车了。

语气平常得像之前每一次下了晚自习各自上楼一样，但我知道这是最后的告别。那天我愣在床上三秒，把手机安放在一边，号啕大哭，一寝室的人都愣住了。

后来寝室舍友跟我说，直到那天之前，她一直以为我没爱过。

分手三个月，我一直表现得极其正常，来欺骗自己已经能够坦然接受。直到不再掩饰痛苦、不再怕人笑话的那一刻，我才知道什么叫彻底地放手。

此情应是长相守，你若无心我便休。

2.

一个女同学，跟初恋相恋八年后终于修成正果步入殿堂，但结婚不到一年就离了婚，谁也不敢问她原因。

那段日子，她每天正常上下班，晚上依然会去上华尔街商务英语课，每个月都能拿到外贸一部的业绩冠军，每个周末会去马甸桥地下通道那儿陪流浪歌手倚着墙坐看人来人往，隔三岔五也找我们几个聚个餐、游个泳，对感情状况绝口不提，也从来不去说一句前夫的坏话，整个人看不出半点波澜。

后来，她盛装出席了前夫的婚礼，回来后说："我前夫要是一只'鸭'就好了。"

吓得一桌人夹到嘴边的肉都掉了。有人说："你到底还是不愿意他过得好吧？"

她哈哈大笑，然后哽咽说："这样我这辈子就有奔头了，可以倾家荡产夜夜找他买春度良宵。"

满座潸然。

真正的放弃，都是悄无声息的深藏。

不会大张旗鼓地宣布我不爱你了，不会拉黑你后祝你余生都悲惨，不再用过去纠缠你现在的平淡，不再幻想拼命挽留就能等到你回头是岸。

电影《惊情四百年》里有一句台词：

"你出了城，就不要回头。只是你哪里忍得住，不回头你就不知道什么是爱。很多年后你在人群中见到相似的背影，才懂得痛哭失声。"

失望大过希望的时候，爱还在，但不再对你有所期待。

晚上一个人的时候还是会看夜空。

想起你对着无边夜色向我兜售全宇宙的星系，那一刻我觉得自己孤独得很圆满，但却再也不知道，似此星辰非昨夜，为谁风露立中宵。

3.

2013 年，张震和助理庄雯如结婚时，舒淇到场。

婚礼上，新娘庄雯如把捧花点名给了舒淇，还说希望她幸福。

舒淇哽咽，大方接受，还新娘一个拥抱。

那天，她笑着登场，含泪离开。

电影《刺客聂隐娘》台北发布会上，张震说："这部电影是一个男人和三个女人的爱情故事，田季安对隐娘是逝去的爱，深刻的回味。"

舒淇开玩笑反击："你还不是娶了别人。"

弗洛伊德说，世界上没有所谓的玩笑，所有的玩笑都有认真的成分。

39 岁的舒淇口中说出这样一句话，谁又能了解她心中隐藏无果的心酸。

多年前，在娱乐节目《康熙来了》中的一段采访，舒淇感慨，如果张震主动追她，她一定会答应，但后来却传出张震父亲一句"舒淇不会是张震的另一半"。

张震娶了别人，舒淇说："虽然是戏里头的东西，但是有感情，应该让他走的就是要让他走，是对戏里情感的一种释放。"

黎明娶了别人，她没去参加婚礼，也没言过恨。她与黎明相恋七年，苦心经营却不敢见光，无论谁问起都说自己不是黎明的女朋友。最后乐基儿登堂入室、她黯然出局的那一刻，她才明白，哦，原来他的恋情也并不是不可以公之于众。

晚霞依然很美，落日依然还圆，我们共同的朋友张三依然在经历聚少离多的悲欢，而这一切，我都不再着急拍给你看，也不再有欲望说给你听。

4.

电影《一代宗师》里，宫二对叶问说过一句话：

"我心里有过你，不怕说出来，喜欢人不犯法，但我也只能到喜欢为止了，我们的恩怨就像一盘棋那样留在那里。"

电影中，惺惺相惜的两人打到最后，叶问（梁朝伟饰）开始打宫二的八卦掌，宫二（章子怡饰）开始打叶问的咏春拳，后来就有了那段让人飙泪的告白。

后来，两个人之间的情感，慢慢变成相互的成全。

过了很久，我也没再能喜欢上谁，而你已经能牵着新欢笑得灿烂。

莱蒙托夫在《无题》中说，也许我爱的已不是你，而是对你付出的热情。就像一座神庙，即使荒芜，仍然是祭坛；一座雕像，即使坍塌，仍然是神。

这些年，我日子过得还算不错，因为自从不再谈论你，我就学会了关心自己。

自此，表面无恙，面色如常；实则，肝胆已裂，一身内伤。

我一个人面壁，把想说给你的话说给一堵墙听：不必对不起啊，我失去了一个不爱我的人，而你却失去了一个爱你的人，我们扯平了。

　　真的不用再对我说抱歉了，说什么亏不亏欠，计较什么背不背叛，现在天昏地暗苦苦纠缠，将来入土为安谁又跟谁再见能见。

　　亲爱的，爱恨不过百年，别再对我抱歉。

每一次挫折，都只是在避免我们成为一个一击即溃的废物

想要往前走，先学会忘记。

1.

回家的第一天，在星巴克咖啡馆见了一个读者。他执意来车站接的我，一路很少说话，整个人看上去根本就没有什么倾诉欲。所以我推断，这有可能只是一次以讲故事为名的无聊之旅。

"我最近正处在一段黑暗期，觉得这一次真的爬不出来了。"他闷了半天终于开了腔。

"嗯。都遭遇了什么灭顶之灾？"

"灭顶之灾？谈不上，就是接二连三的失去，接二连三的挫败，我几乎什么都没有了。"

"你都失去什么了？"

"我闺女乐乐一出生就右腿右脚抬不起来，我们两口子带着她三年看了23家医院也没看好，我老婆半年前又查出来胃癌，她跟我说她累了，照顾不动这个家了。我那段时间生意也不顺利，只是抱了抱她就倒头睡过去了，早上起来就发现我老婆不见了，

我找了她整整半年，到现在也不知道她是死是活。"

"那你女儿呢？"

"什么？她在家啊。"

"你失去了妻子很痛苦，但是你女儿失去了妈妈也不好过，你有没有想过如果一直找不到你的妻子，你得为你接下来的生活找一个平稳过渡的解决方案？"

"我哪儿有那个心思？我整个人都崩溃了，我女儿之前一直是她在惯着照顾着，这么大了生活都不能自理，一下子撇下这个摊子，我快活够了。"

一个男人在我面前足足用一个小时表达了他的不幸，无论我说什么他几乎都听不进去，他只是一直在向我重复他的黑暗、无助与无能为力。

他不是在求生，而是在想办法让全世界知道他的难处，从而都来原谅他的一蹶不振。

2.

有些不幸，不受控制，并不是非得有肇事者才会让事情变得糟糕。

但是在不幸面前，你选择由着内心的悲痛一蹶不振，那么你就只能陷入一种祸不单行的诅咒中。

人活一世，本来就是坎坷先行。

你看着那些朋友圈里光鲜精彩、声色犬马的人，不一定心里藏着一个怎样难以启齿的伤疤。

没谁活得像你看上去那么容易，我们经历的每一次挫折，都只是在用一种冰冷的方式帮助我们不要去变成一个一击即溃的废物。

你扛过去就得到坚毅，顺势倒下就只能被人"碾轧"。

活着就是一个不断解决问题的过程。

你看这些码字者，活得也未就比你轻而易举，但是生活的灰暗面就是一种超级病毒，你抗争就排异，你放弃就被吞噬。

所以我宁可给你们每晚来一口心灵鸡汤，也不会告诉你我偶尔也会万念俱灰。

让你恶心的事儿，找个犄角旮旯一个人悄悄吐出来，回头洗把脸就能神清气爽，没必要拉一群人参观你的呕吐过程。带上那么多人跟你一起吐，以后大家想起你来的时候，难免不会觉得恶心。

3.

前段时间电视剧《欢乐颂》比较火的时候（唉，现在的剧过气速度太快了），有人扒出了安迪的原型，桑德伯格，脸书的二当家，执掌上亿美元市值的商业帝国。

听上去是不是酷极了呢？

我们的男神扎克伯格就像《欢乐颂》里的王老五备胎老谭一样。

为了争取到她，在 2008 年的达沃斯经济论坛期间形影不离的"追随"啊，两个月后生生把雪莉·桑德伯格从谷歌挖进了脸书。

就是这样一个看上去如此厉害的人生赢家，却在墨西哥参加一个朋友 50 岁的生日聚会时，突然发现自己的老公躺在体育馆的地板上死掉了，她完全不知道如何向孩子们传达爸爸的死讯，也接受不了亲眼看着老公的棺材渐渐地没入地面。

那段时间，不管开会大家在讨论什么，她都听不见大家在说什么，整个人陷入了巨大的悲痛中。

"当悲剧发生了之后，你们该如何应对？其实不论是哪种不幸，不管它发生在何时。该轻松的日子你仍旧会很轻松，而至于那些承载着苦难的时光，那些从根本上挑战你每一份坚持的日子，将最终决定你会是一个怎样的人。最终被用以塑造你的是你所走过的那些艰难，而非浮名虚利。"在加州大学的伯克利分校毕业典礼上，桑德伯格谈到自己当初面对丧夫之痛时，说了这样一段话。

4.

失去至爱的人对每个人来说都是一个天大的打击，事业再牛，能力再强，在丧亲之痛面前，人人都要经历一段结结实实的黑暗期。

你不能快进，也不能装作什么都没发生，你所有的生活都不得不牵连进来，随便一个动作就能勾起你巨大悲痛，但是你只能想办法找到解决方案度过去。

小时候看《西游记》，在最后一集里，看到孙悟空认认真真打了一路的妖怪，竟然是被观音菩萨早已设定好的九九八十一难，当时气得差点砸了电视。

　　后来，我在人生坎途中逐渐长大，并在一次次大难不死中愈加刚毅，慢慢才看懂了《西游记》中这个看似悲情的圈套：每一次苦难的设定，都是在测试孙悟空是否配得上真经与真身。

　　那些每一次差点将我们一脚掀翻的挫折，其实只是在担心我们到死也只是一个一击即溃的废人。

图书在版编目（CIP）数据

很感谢你能来，不遗憾你离开 / 初小轨著. —— 武汉：
长江文艺出版社，2016.11（2022.6重印）
　　ISBN 978-7-5354-9187-9

　　Ⅰ.①很… Ⅱ.①初… Ⅲ.①散文集-中国-当代
Ⅳ.① I267

中国版本图书馆 CIP 数据核字（2016）第244057号

很感谢你能来，不遗憾你离开
HEN GANXIE NI NENGLAI, BU YIHAN NI LIKAI

策　　划：刘　平　何丽娜　　　　责任编辑：栾　喜
责任校对：许　罡　　　　　　　　责任印制：张　涛
封面设计：FAJUN
　　　　　　QQ:974364105

出版：长江出版传媒　长江文艺出版社
地址：武汉市雄楚大街 268 号　　　　邮编：430070
发行：长江文艺出版社
　　　北京时代华语国际传媒股份有限公司（电话：010-83670231）
http://www.cjlap.com
印刷：北京中科印刷有限公司印刷

开本：880毫米×1230毫米　1/32　　印张：8
版次：2016 年11月第1版　　　2022 年 6 月第 6 次印刷
字数：120千字

定价：42.00 元

小轨的读者们：

你们好呀！

其实这封信，我很早就想写的。

想问问那些因为《很感谢你能来，不遗憾你离开》那篇文章与我相识的人，你们之后的日子过得怎样？

想问问那些始终陪伴着我的人，是什么让你们的爱于陌生时光里停留如此久也？

想问问那些转身离去再无交集的人，你们是否吞下了当初给我所写信中的誓言，真的过上了不被无关重要的人所羁绊的一生？

我得不到答案，但还是觉得，无妨。

人和人的纠缠，本来就是一场偶然，所以我固执地在自己文章打赏按钮下留了八个字：来是偶尔，走是必然。

朋友说，这样写不好，显得过于清高，显得你应有多在乎读者对你的喜欢。

我说，我一直都希望自己不要太过在乎那些喜欢或者不喜欢，也都望别人不要把一生的喜欢拴在我这里。我总希望，他们来的时候是喜欢的，走的时候也是喜欢的。

以前公众号里，有个高三的小男生，临近高考前的一个月，天天到我公号后台来打卡。

有时候是"早安"，有时候是"晚安"，有时候干脆就是一句"你好"。不管我有没有回复，他还是把我这里当一本台历似的一张一张地撕下去。我有时会担心他总来这样一个公号里打卡，会耗费他的精力，所以像个恶俗媚恶的家

七一样，故作深沉地关心他的学习。小男生云淡风轻地说，不用担心啊，我一直都是第一名。我当时就在心里想，我的天啊，这小男生活得可真游刃有余。

之后，高考结束，他再没来打扰过。我后来换了写作阵地，这样的失联有好长的时间让我感到怅惘，因为那段时间我跟很多读者都以诸如此类的方式一直失联。

我一个人坐在院子里，把指针随意拾在黑胶唱片的什么位置上，感受那类似的音乐以最快的速度融入流畅的音乐纸线里去。这时候我就想，你看，人与人之间的偶遇，就像是黑胶上的唱针，其实从哪里开始，都是偶然的，但最后到底都要回到各自轨道上去，这个才是必然的。

所以，与多数人相遇一场，又散掉，即便没有确切的结局，我依然确定，我们彼此在用各自的方式回到了各自的轨道上去。

知道这一点，抬头望月的时候，心里便这般释然的。

就像我在这本书里写的那样：这辈子，相遇一场，只要各自安好，联系不联系，都不重要。

2016年11月26日，这本书第一版上市后的第一场新书见面会，刚好遇上了一个寒冷的冬日，还好地点定在了我出生的地方。

那天虽然台下坐了好多人，但这场作战，心里便不怎么慌乱。我坚持穿了自己最喜欢的红裙子，比起脚踝，清透飘逸，走起路来都有我想要的朝朝婷婷。那段时间也刚好是我最瘦的时候，体重93斤。我就想，人生的第一本书，人生的第一场见面会，怎么着也要把自己装扮得妖娆一些，靓

爽一些，让那些整天跟着我喊"好姑娘，有胸有脑有天下"的女孩子没有自卑我一场。结果见面会开场前的几分钟，摸着麦克风在门口望向我，迎面遇见了一个高中同学。

她盯着我看了许久，第一个反应竟然是一把抓住我的手，然后去呼之地说我："你看你，瘦成这样，还穿这么少，冻死了，小脸都冻紫了。"

我听完竟然觉得十分高兴，她说的很多我都没听进去，光这样愣愣地听她说去管我美了。

她见我一副痴傻的样子，便伸过手来不停地搓着我的手。

那一刻，我突然就对世间的远近亲疏产生了一些微妙的悦愫。

一个人，与你有十几年没见过面，就这样偶然地出现在你面前，竟然不需要一番寒暄，就可以迅速地任由一双手与另一双手瞬间搂抱在一起。

见面会结束的时候，人群里跑过来一个姑娘，毫无羞怯地拉住我的手，说，我是专程从济南坐着火车赶来看你的，因为你这一篇文章，我把离去的朋友结了又找回来了。

那一刻我便知道，不行了，不行了，我要哭了。

我不要飒了，也不要美了。

只想搂着这个女孩子也跟她说一声，谢谢你。

长期写作的人其实是很脆弱的，心里有一种虚空，不愿意露给别人看。你看她妙笔生花，你看她横刀立马，你看到她不被人间烟火气所累绊，其实她坐在铺陈开的文档前，常常会一边打字一边叹道：会有人知道我在那儿说什么吗？毕竟文字里全是说给别人的絮述。

委屈撞上委屈，开解撞上开解，原谅撞上原谅，眼泪撞上眼泪，写作的人才会在这一刻真实地感受到自己存在的意义。

今年已经是我持续写作的第7个年头了，我自己都没敢想过，我可以把这件事全心全意地坚持这么久。

我依然喜欢像个傻大姐一样跟未曾谋面的读者通信，依然忍不住要跟他们说些什么，开心他们的开心。看到有人给我留言说，读完我写的文章后从那糟糕不堪的过往中走出来，开始了一种截然不同的人生，我真的很想光着脚在地板上手舞足蹈地跳起舞来。

看到一个读者把我书里的句子一板一眼地抄到本子上，我还是会生出来一种"我写的东西到底配不配得上他这一手好字"的羞愧来。

今年编辑老师跟我说，小新，你的《很感谢你能来，不遗憾你离开》要再版啦，而且版权也卖出到越南啦。

天啊，我就想，以后会不会有越南的女孩，给我写信，我到时候该如何是好。

我知道，这听起来大家的日还讨都很不靠谱，同时我也在不停地突破自己的写作舒适圈，每次进个新的领域，我都告诉自己，没关系，先去做啊，先不去考虑有多难，也不去想失败了一无所获会怎么样，回头想想，一开始的那一点点成绩不就是这样义无反顾地冲撞出来的嘛？

况且任何一件事情，总要做了，就绝对不会一无所获啊。

不写的。

每次感觉自己进入至暗时刻，我都会把温暖过自己的人和事儿拿出

④

来再捋顺一遍，然后下楼去，摸摸葡萄藤上新枝丫的脉络，嗅嗅樱桃树上红彤彤的挂果。我很庆幸，它们做得到的，我当然也能做到。

你也走心。

所以，不怕，不慌。

我总是庆幸，我们一直在另外一个时空相互陪伴着彼此。

最后还是要感谢啊。

很感谢你们能来，更感谢你们一直都在。

以上。

周小北
2022.春
于昆明